（……ネコ？）
そう、ネコだ。人間大の黒いネコが、
オニキスの瞳でこちらを見ている。
僅かな観客達が沸いた。恐怖か、驚愕か、関心か。
レーヴェは歓声に気付かない。気付けない。
ただただ、ネコと化した少女に視線を注ぐ。

マリアベル
闘技都市アイレム内にある施設“C”の理事長を務める女性。レーヴェのことを何かと気にかけている
レーヴェ・メルヴェイア
闘技都市アイレムの見習い闘士首席の少年。“灰色”と呼ばれる特殊な存在で常に孤独を感じている
ミィカ・ユリリィ
影の魔獣を使役するがゆえに迫害される“魔女”の少女。相棒であるリア以外には心を開いていなかったが……

レイス・ベルディオ
レーヴェの後輩である見習い闘士の少女。クールな性格で男装がトレードマーク
ソフィーネ・ラン・ノワール
回復魔術が使える見習い闘士次席の少女。レーヴェの親友で楽しいことが大好き
リュミア・テスカトル
レーヴェの後輩である見習い闘士の少女。人懐っこい努力家でソフィーネによくイジられている

「顕現せよ、狂い踊る灰刃《リベリオン》の群れ《ワルツ》
……行け！」
積み上がった鈍色達がふわりと浮き上がる。
まるで意思あるかのようにくるくると宙を踊ったそれらは、
切っ先を一斉に〝敵〟へと向けた。

灰色の叛逆者は黒猫と踊る

1.闘士と魔女

虹音ゆいが

HJ文庫
1141

口絵・本文イラスト　kodamazon

CONTENTS

プロローグ

噎《む》せ返るような濃《こ》い熱気がそこにあった。

吹《ふ》き抜《ぬ》けの天井《てんじょう》、正円の舞台《ぶたい》、ぐるりと取り囲む石壁《いしかべ》。

そして観客席を埋《う》め尽《つ》くす者達《たち》。

座《すわ》る事も忘れて目を血走らせ、前のめりになって声を嗄《か》らす、その視線の先。

「はぁぁっ⁉　今のでかすり傷とかバッカじゃねぇの‼」

舞台上の少女は口汚《くちぎたな》く吠《ほ》えた。

ダメージジーンズと革ジャンという色気の無い出で立ちの彼女《かのじょ》は、ぼさぼさな赤茶色のミドルヘアーを揺《ゆ》らしながら一歩二歩と後退していく。

少女は両腕《りょううで》を持ち上げ、１０の指に取り付けられた筒状《つつじょう》のモノから光の弾《たま》を矢継《やつ》ぎ早《ばや》に撃《う》ち出した。

がががががががっ！　と金属が打ち合うような激しい音とともに、光の弾は〝それ〟に命中した。が、少女は忌々《いまいま》しげに舌打ちを漏《も》らす。

「こいつとの対戦組《マッチ》みやがったヤツ、マジ覚えてろ……！」

怨嗟《えんさ》交じりのその独白に反応したか、〝それ〟が短く吠えた。

少女を容易《たやす》く踏《ふ》み潰《つぶ》せそうな体躯《たいく》を誇《ほこ》る巨大《きょだい》な生物だ。曲がりくねって異常に発達した角、不気味に陽光を反射する鋭《するど》い爪牙《そうが》、血の色を思わせる真っ赤な瞳《ひとみ》。

〝魔獣《まじゅう》〟と総称《そうしょう》される、通常の獣《けもの》よりも格段に凶暴《きょうぼう》、危険性の高い生物だ。

放たれた光の弾は全て魔獣の体に命中し、全て弾《はじ》かれた。

跳弾《ちょうだん》が好き放題に舞台上を飛び回る中、魔獣の低い唸《うな》り声が空気を震《ふる》わせ、少女の革ジャンが僅《わず》かに舞《ま》う。そして、

『〰〰〰〰〰!!!』

全方位から沸《わ》き上がる歓声《かんせい》。だがそれはもはや歓声の領域を踏み越《こ》え、巨大な声の波となって舞台に叩《たた》きつけられた。

「るっせぇ黙《だま》れ観客《バカ》共！　てめぇらの為《ため》に命張ってんじゃねぇよ！」

苛立《いらだ》ちを露《あら》わに観客席へ弾を乱射するも、浮《う》かび上がった乳白色の光の膜《まく》が受け止め、全て吸《す》い込《こ》んでいく。

少女の悪態も蛮行《ばんこう》も呑《の》み込み、観客達のボルテージは上がる一方。さながら赤に飢《う》えた闘牛《とうぎゅう》のようだ。

　そして、赤《血》に飢えているのは魔獣も同じ。その巨体《きょたい》で少女に襲《おそ》い掛《か》かり、

「やばっ……！」

反応が遅《おく》れた少女は攻撃《こうげき》を避《よ》け切れず、肩口《かたぐち》を魔獣の爪《つめ》に引き裂《さ》かれる。幸い引っ掛けた程度だがどくどくと血が滲《にじ》み出て、観客達がどよめいた。

傷をひとまず無視し、素早《すばや》く距離《きょり》を取りつつ魔獣に狙《ねら》いを定め、

「……ありゃ？」

　毒気を抜かれたように、少女は首を傾《かし》げる。

飛来した幅広《はばひろ》の長剣《ちょうけん》が魔獣の背に突《つ》き刺《さ》さったのだ。輝《かがや》く刃《やいば》に貫《つらぬ》かれ、紫《むらさき》がかった青い血がびしゃりと噴出《ふんしゅつ》する。

「この手に《ドロー》」

　魔獣が苦悶《くもん》の雄叫《おたけ》びを上げて激しく暴れ回る中、囁《ささや》くような言霊《ことだま》。まるで見えない手に引き抜かれたように、青い血を帯びた長剣が宙を舞う。

　それを掴《つか》んだのは、細身に黒いロングコートを纏《まと》い、灰色の髪《かみ》を揺らす少年だった。

「にゃっはは♪　ヒーロー様の御登場《ごとうじょう》ってかぁ～？」

　にやりと唇《くちびる》を歪《ゆが》める少女。舞台の外から乱入した少年は、少女に歩み寄りながら呆《あき》れ気《ぎ》味《み》に言った。

「あのさ、観客に喧嘩《けんか》売ってる暇《ひま》があったら集中して。死ぬよ？」

「あんなんただの演出《パフォーマンス》じゃん。目ぇ血走らせた観客《バカ》には丁度いいっしょ」

悪びれずに返す少女に、少年は肩《かた》をそびやかして小さく笑う。

解除《リリース》、と彼《かれ》が呟《つぶや》くと身《み》の丈《たけ》を優に超《こ》す大きさの長剣が光に包まれる。その光が霧散《むさん》する頃《ころ》には小振《こぶ》りな赤塗《あかぬ》りの短剣《たんけん》だけが彼の左手に残された。

と、がしゃん！　と硬質《こうしつ》な音。2人が見やると、石壁の一部をくりぬくように設けられた北口の檻《おり》が開き、新たに魔獣が舞台に放《ほう》り込まれていた。その数、3体。

「げ、ちょっと首席様《トップ》ぁ？　乱入型の共闘技試合《タッグマッチ》でこっち追加1人、あっち3匹《びき》ってバランス悪くない？　バカなの？」

「僕《ぼく》に言われても。文句は運営《うえ》にどうぞ、次席《ネクスト》さん」

「ったく、見習い闘士《ファイター》トップ2を酷使《こくし》しやがって」

「ぼやかない。で、指示が1つだけ。『派手に終わらせろ』ってさ」

「は～いはい、りょーかいっとぉ♪」

けらけらと笑った少女は、じりじりと距離を詰《つ》めてくる4匹の魔獣を見据《みす》えながら左手を掲《かか》げる。と、何かが光を纏った。

小指で光る、ネコのレリーフがあしらわれた指輪だ。その光は次第《しだい》に膨《ふく》れ上がり、拳《こぶし》を

すっぽりと覆《おお》い尽くす球状の光に変貌《へんぼう》。手から離《はな》れ、彼女の肩の傷を覆っていく。

それはほんの数秒だったが、光が消えた時には傷の痕《あと》すらも無くなっていた。彼女は人差し指でぴっと上を指さした。

「お膳立《ぜんだ》てはしてやっから、ちょいとお空までよろしくぅ！」

「ふぅ、分かったよ……巨大化《ヒュージ》をその身に《オン》」

少年の右手中指で光る、オオカミのレリーフの刻まれた指輪。少女と同じように光を放ったそれは、しかし色が違《ちが》った。

少年の髪色《かみいろ》と同じ灰色、それが更《さら》に暗く濁《にご》ったような、不吉《ふきつ》を予感させる鈍色《にびいろ》。

刹那《せつな》、赤塗りの短剣が輝き、変貌する。鈍色の光を湛《たた》えた巨大な刀身となって天を衝《つ》き、狂《くる》ったような歓声が沸き起こる。

少年の詠唱《えいしょう》は、やまない。

「2つの御印《みしるし》、集い混じりて舞い踊《おど》れ。浮遊《フロート》をその身に《オン》」

言の葉に応じ、鈍色の長剣がふわりと少年の手から離れる。

少年は少女に目で合図、ジャンプした2人の足元に長剣がするりと潜《もぐ》り込む。

刀身の上に着地した2人は、同時に前を見据えた。

「顕現《けんげん》せよ、遊泳《ダガーサーフィン》する短剣……！」

急加速し、円形の舞台の外周をなぞるように旋回《せんかい》して高度を上げていく。

4体の魔獣はその巨大な体躯を武器に襲い掛かるタイプのモノばかりで、高速で宙を翔《かけ》る長剣の動きを全く捉《とら》え切れない。さながら、じゃれつくネコのよう。

そして、魔獣の巨体でも到底《とうてぃ》届かない高さまで長剣が辿《たど》り着き、

「にゃははっ、それじゃ行ってきま～す、ぜぃ！」

ネコのように無邪気《むじゃき》に笑った少女が、空中に身を投げ出した。落下しながらも両手の十指に光を纏わせ、

「喰《く》らいなぁっ！」

取り付けた筒《つつ》から一気に射出。魔獣達《まじゅうたち》に光の雨を降らせる。

狙いは少年が傷を負わせた個体。傷で動きが鈍《にぶ》っているのか、かわす素振《そぶ》りも無く全弾命中。今度は弾かれる事なく魔獣の体に纏わりついた。

「この程度の重力魔術《グラビティ》で潰れるほどヤワな体してないよにゃ～」

少女は落下しながら不敵に笑う。

「んでも、圧し潰す以外にもこぉんな使い方があるんだぜぃ！」

ぐいっ、と両手で引っ張り上げるような仕草を見せる。と、がががががっ！　と鈍い音。

残り3体の巨体が、まるで吸い込まれるかのように光を帯びた個体に引き寄せられ、勢いよく衝突《しょうとつ》した音だ。

「同族同士くんずほぐれつ、仲良くするよーに！　にゃははっ♪」

少女が笑うのと同時、落下する少女よりも早く地面に急行した少年が巨大化した短剣を手に携《たずさ》えていた。

「……浮遊《フロート》、解除《リリース》。2つの御印《みしるし》、集い混じりて巨《おお》いなる恵《めぐ》みを。巨大化《ヒュージ》をその身《オン》に」

もう既《すで》に身の丈を超す長さを誇っている短剣の刀身が更に巨大化していく。ちょっとした小屋程度ならば一刀両断出来るであろう長大な得物を前に観客達がどよめいた。

「顕現せよ、切り裂く巨人《ギガンテスリッパー》」

平板な語調で詠唱を完了《かんりょう》した少年の眼前には、不可思議な力によって強制的に密着させられている4体の魔獣。さながら合成獣《キメラ》のような歪《いびつ》なフォルム。

観客達の雑多な歓声に、明確な一語が交じり始め、次第に勢いを増していく。

殺せ！　と。

「………………」

少年は1つ2つと深呼吸、刀身を真横に構えて走り出す。

魔獣を射程圏内《しゃていけんない》に捉えた少年が両手で剣《けん》を振《ふ》りかぶりつつ、ポツリと一言。

「……ごめん」

刹那、横薙《よこな》ぎに一閃《いっせん》。壁《かべ》をがりがりと削《けず》りながら振り抜かれた剣撃は、４体の魔獣をまとめて真っ二つに両断した。

ずずぅん！　と分かたれた巨体が地面を揺らす。大量の青い血が撒《ま》き散らされる。観客達がこぞって立ち上がって更に声を嗄らす。

「にゃはっ、レーヴェ君ってば相変わらずすっごい切れ味。でもそれで斬《き》れないあの壁、どんだけヤバい魔術処理されてるんだか」

遅れて降り立った少女が笑う。少年は何も返さない。

とその時、まだ辛《かろ》うじて息のある魔獣が鳴いた。先ほどの雄々《おお》しき姿など見る影《かげ》もない、か細く消え入りそうな鳴き声。

「くそっ……、いっ⁉」

ばしん！　と背中を叩かれ、少年はたたらを踏んだ。

「シケたツラしてんじゃねぇよ勝者《ウィナー》」

「……うん。分かってるよ、ソフィー」

これは〝見世物〟だから。少年はぶんぶんと頭を振り、力無く言う。

そして２人は目配せ。少年はその長大な得物を天高く両手で掲げ、少女は両手の銃口《じゅうこう》を空に向けて10の号砲《ごうほう》。己《おのれ》が力を天に誇示《こじ》するかのように。

巨大な歓声、万雷《ばんらい》の拍手喝采《はくしゅかっさい》。2人の健闘《けんとう》を、あるいは魔獣達の死を。さも英雄《えいゆう》の帰還《きかん》を称《たた》えるかのように。

夕色が混じる陽光の下、熱狂《ねっきょう》は渦巻《うずま》く。勝者の胸の内など知る事も無く。

◆◆◆◆

ぴちゃん。石の地面に滴《したた》り落ちた雫《しずく》が弾けて消える。

仄暗《ほのぐら》くて薄《うす》ら寒《さむ》い空間には鉄格子《てつごうし》が点在し、その向こう側はほとんど見通せない。

「……てる。わたしは…………から」

「うん…………こそ……ないで」

とある鉄格子の奥《おく》から、か細い声が漏れる。

「うるっせぇぞクソガキ！　黙って寝《ね》てろ！」

怒声《どせい》が辺りに反響《はんきょう》する。それに呼応してか他の鉄格子の奥もにわかに騒々《そうぞう》しくなったが、すぐに大人しくなった。

「ったく、また叫《さけ》んでんのか。上まで聞こえたぞ？」

「お？　交代の時間か。へっへ、助かる」

中年の男2人は上へと繋《つな》がる階段の前で言葉を交《か》わす。どちらも同じ装《よそお》いに身を包み、同じ文様の刻まれた剣を腰《こし》に差している。

「ちっ、仕事自体は楽だが鬱陶《うっとう》しい気分にさせられるぜ。こういう日は闘技場《とうぎじょう》でも見に行ってスカッとするに限る……ってまだ間に合うか？」

「間に合ったとしても最終試合だろうな。てかお前、〝アレ〟の扱《あつか》い気を付けろよ」

鉄格子の奥を親指でくいと指す。男は鼻で笑った。

「特別だから丁重《ていちょう》に、だったか？　地下牢《ちかろう》にぶち込んどいて丁重もクソもあるかよ」

「お前な……今のを〝上〟のヤツらに聞かれでもしたら、お前の大好きな闘技場にぶち込《こ》まれかねねぇぞ？　魔獣の餌《えさ》としてな」

「分かってるっての。だから手は出さずに怒鳴《どな》ってんだろうが」

舌打ち交じりに返すと、どうだかなぁ、と男は小さく笑う。

「たまにいるんだよなぁ。牢《ろう》の中の女に人権なんざねぇとか言って犯《おか》すバカ」

「手ぇ出すはその意味じゃねぇよ。あんなガキに欲情するとでも思ってんのか」

「あんなガキだからこそ欲情するヤツもいるだろ」

「勘弁《かんべん》しろよ」

肩をすくめた男は階段に足を掛けた。

「つか、女だとかガキだとか以前の問題だろ。ありゃ〝魔女《まじょ》〟だろうが」

「だよなぁ」

笑い声、階段を上る足音、ぎしりと軋《きし》む椅子《いす》。

しゃん、と場違《ばちが》いな美しい音。にゃー、ともっと場違いな鳴き声。

そして、鉄格子の奥で身じろぎする音。

「……うん、ありが……こそ、辛《つら》かったら……」

石の地面に座り込み、薄汚《うすよご》れた赤い着物と一緒《いっしょ》に膝《ひざ》を抱《かか》える少女。その姿は今にも手折《たお》られそうなほどに儚《はかな》げで。

「大丈夫《だいじょうぶ》……わたしは、生きる。生きてみせる、から……」

仄暗い薄闇《うすやみ》の中、あどけない声が響《ひび》く。決意と悲愴《ひそう》を端々《はしばし》に滲ませて。

◆◆◆◆

レムディプス共和国の歴史は、人間と獣の戦いの歴史でもあった。

人間は獣を屠《ほふ》る為に魔術と呼ばれる技術を構築、研鑽《けんさん》した。

獣は魔獣によって統率《とうそつ》され、手を替《か》え品を替え人里を襲った。

互《たが》いに進化を続ける事で終わりの見えなくなったいたちごっこに人々は疲弊《ひへい》し、乾《かわ》いた心は娯楽《ごらく》を求め始める。

そして造り出されたのが、闘技場。

人間と魔獣を闘《たたか》わせる、という、レムディプスの歴史の縮図のような見世物小屋。余興として繰《く》り広げられる血生臭《ちなまぐさ》い殺し合いは、しばしば嫌悪《けんお》されながらもそれ以上に多くの人間を魅了《みりょう》し続けた。

余興はやがて経済の源泉となる。更なる集客の為に闘技場を肥大化させ、各地から若者を集めて見習い闘士《ファイター》として育成し。

今日のレムディプスを支えるそれらの仕組《システム》みは、未《いま》だ背徳的な成長の最中にある。

そして今日もまた多くの若者がその門戸を叩く。闘技場を中心に形成された闘士《とうし》育成施《し》設《せつ》。人々はそこをいつしか〝C《シー》〟と呼んだ。


レムディプスの北東部にある〝C《シー》〟を組《く》み込んだ都市、闘技都市《グラディエティー》アイレム。

時は晩秋。冬の準備に奔走《ほんそう》する人々を寒風が撫《な》でる、とある日の事。

血色の物語が、粛々《しゅくしゅく》と始まりを告げる。

第1章　灰色

「諸君！　諸君の生は、常に死と隣《とな》り合わせだ！」

凛《りん》とした声が闘技場の空気を大きく震わせ、天高く響き渡《わた》っていく。

舞台の中央には、燃《も》え盛《さか》る火柱があった。豪雨《ごうう》でも降らなければ消えそうもないそれは、魔術によって生みだされた業火《ごうか》だ。

もはや畏怖《いふ》すら抱《いだ》く程《ほど》に猛々《たけだけ》しく、美しく、陽光に紛《まぎ》れて火の粉が舞う。

「しかし諸君に恐《おそ》れる事は許されない！　何故《なぜ》か？　恐れる者にこそ死はもたらされるからだ。レムディプスの歴史がそれを雄弁《ゆうべん》に物語っている！」

火柱の周囲を歩きながら熱弁を振るう、端整《たんせい》な顔立ちをした金髪《きんぱつ》の女性。透《す》き通るような響きを持つ彼女の声に、闘士達《たち》が耳を傾《かたむ》けている。

「なればこそ、諸君は全てを賭《と》して生を勝ち取らねばならない！　それが無念の内に命を散らした先達《せんだつ》、同志の遺志を継《つ》ぐ唯一《ゆいいつ》の心構えだと知れ！」

追悼式《レクイエム》。２ヶ月に一度行われる〝行事〟。

前回の追悼式《レクイエム》以降、〝C《シー》〟で死んでしまった闘士を一斉《いっせい》に弔《とむら》って〝送る〟為の儀式《ぎしき》であり、ほぼ全ての闘士が一堂に会する事になる数少ない機会の1つだ。

（……この炎《ほのお》を見るのも、もう何回目かな）

火柱から少し離れた所に1人佇《たたず》む少年――レーヴェ・メルヴェイアは細く息を吐《は》いた。

上背があるすらりとした細身の体に、所々青く汚《よご》れた漆黒《しっこく》のロングコート。切れ長の目、険が若干《じゃっかん》目立つ顔立ちを灰色の髪が適度に隠《かく》している。

（人は死ぬ……〝C《シー》〟では当たり前。分かってるんだけど、ね）

〝C《シー》〟は闘技場と、それを取り巻く闘士育成の施設の総称であり、広大な敷地《しきち》、膨大《ぼうだい》な構成員を抱えている。

年間2000人を超える若者が夢と希望、あるいは絶望と再起を胸に〝C《シー》〟の一員に加わり、その8割以上が2年以内に命を落とす。

首席《トップ》……見習い闘士《ファイター》の序列の頂点に座すレーヴェもまた、次の追悼式《レクイエム》で送られる側になる候補の1人にすぎない。

（…………また、減っちゃったな）

女性の演説に終わりの兆《きざ》しが見え始め、レーヴェは改めて火柱を見やる。もうとっくに慣れたと思っていたのに、どうにもならないやるせなさが心を掻《か》き乱していく。

ああ、親しい人が死んだらこんな風になるんだったな、と。

「お疲《つか》れ様《さま》、ルナ。ゆっくり、休んで」

ぽつりとこぼす。目頭《めがしら》が熱くなるのを感じたが、それでも涙《なみだ》は流れなかった。

追悼式《レクイエム》が終わり閑散《かんさん》とした闘技場内。天へ魂《たましい》を昇華《しょうか》する、という目的の下に生み出されていた火柱が、少しずつ火勢を弱めていく。

連日行われている闘技試合《見世物》は、今日は休みだ。死者の魂を鎮《しず》め静かに送り出す。ただそれだけの日なのだから。

この後どうしよう、と自問しつつ足を踏み出す。その矢先の事だった。

「い、今のは許せませんです！　撤回《てっかい》して下さいです！」

「何故？　私は事実を言った。撤回の必要はない」

天を衝く怒号《どごう》、冷め切った返答。残っていた僅かな闘士の視線がそちらに向けられる。

言い争っていたのは、２人の少女だった。

片やタンクトップにホットパンツという、季節的に寒すぎだろうと思わざるを得ない軽装。片や黒いスーツと黒手袋《てぶくろ》を着込《きこ》んだ、男装姿のようでどこぞの貴族の執事《しつじ》のようにも見える、とにかく奇異《きい》な風貌《ふうぼう》。

レーヴェは少し迷い、足先をそちらに向けた。

「ルナ先輩《せんぱい》は……ルナ先輩は！　街の人達を護《まも》る為に精一杯《せいいっぱい》、一生懸命頑張《いっしょうけんめいがんば》って」

「結果命を落とした、イコール、ルナが弱かった。どこかおかしい？　なら訂正《ていせい》して」

「どうっ、どうしてそんな……っ！　いい加減にしないとぶっ殺すですよ！」

淡緑色《うすみどりしょく》のサイドテールを鞭《むち》のようにしならせたタンクトップの少女は、鈍い光沢《こうたく》を放つ黒のグローブを装着する。

少女が拳を構えて剣呑《けんのん》な眼差《まなざ》しを向ける中、スーツの少女も溜息《ためいき》交じりに背負っていた斧槍《ハルバード》を構える。遠巻きに見ていた人波からどよめきが沸き起こった。

「そこまで」

と、一触即発《いっしょくそくはつ》の空気を切り裂き、レーヴェは巨大化《ヒュージ》を施《ほどこ》した刃を2人の間に刺し入れた。

「め、メルヴェイア先輩……っ⁉」

少女達がほぼ同時に得物を構えた手を下ろす。

「……どうして」

「どうして、はこっちが訊《き》きたいよ」

弛緩《しかん》した空気の中、ふぅと薄く息を吐いて2人を順に見やる。

「自分達が何をしてるのかちゃんと分かってる？　追悼式《レクイエム》の日には模擬《もぎ》試合ですら禁じら

れてるのに。場を弁《わきま》えよう」

「そ、それは……でも！　レイス先輩がひどい事を……！」

「うん、そうだね」

黒スーツを纏う、大人びた出で立ちの少女――レイス・ベルディオに視線を向ける。彼女は特に動じた様子も無く、中指で眼鏡を押《お》し上げながらレーヴェを見返した。

「『ルナは正しい事をしたけど力及《およ》ばなかった。彼女の後を追う事にならないよう、自分達はもっと強くなろう』……って言いたかったんじゃないかな？　君は」

「……まぁ、そんなとこ」

「で、リュミア。僕よりもレイスとの付き合いが長い君なら、レイスが伝えたかった事、察しがついてたんじゃないかな？」

「あ……う、う……申し訳、ないです」

あどけない雰囲気《ふんいき》漂《ただよ》う軽装の少女――リュミア・テスカトルは目を伏《ふ》せて声をしぼませた。よく見ると頬《ほお》に涙の筋が残っていて、彼女はそれをごしごしと乱暴に拭《ぬぐ》う。

（2人共、まだ動揺《どうよう》してるんだ。親しい人の突然《とつぜん》の死に）

レイスはルナ・ベアトリクスの同期生で、リュミアは2人から更に遅れる事20期、年月にして約2年後に見習い闘士《ファイター》となった少女だ。詳《くわ》しい経緯《けいい》は知らないが、いつしか3人は行動を共にするようになり、日々切磋《せっさ》琢磨《たくま》していた。

　その中の1人が、死んだ。ほんの少しだけイレギュラーな日常の中で。

　現実味の無さ、後から襲い来る巨大な喪失感《そうしつ》。諸々《もろもろ》全てが痛いほど分かる。それでも、先輩として言わなければ。

「きっとルナは、2人のこんな姿なんか見たくないはずだよ。ちょっと変わってたけど、ホントに優《やさ》しい子だったからね、ルナは」

「分かってる。……ごめん、リュミア。ちょっと、熱くなり過ぎた」

「い、いえ、私もすみませんですです……」

　2人がどちらからともなく頭を下げ、野次馬達《やじうまたち》も三々五々散らばり始める。

「私、強くなるです」

　淡緑の髪を揺らし、リュミアは少し不格好な笑《え》みを浮かべてみせた。

「ルナ先輩に笑われないくらいに強くならないと……っ！」

「それはそれでどうだろう。ルナ、リュミアが落ち込んでうじうじしてる姿を遠くから見守るのも結構楽しんでた」

「そうなんですか⁉　あ、いや。確かに思い当たるフシが……」

　何を思い出したのか顔を真っ赤に染める。ともあれ、いつもの2人らしい会話が戻《もど》って

来て一安心、レーヴェも胸を撫で下ろす。と、

「……ん？」

唐突《とうとつ》にレーヴェの右手中指、オオカミの指輪が鈍色《にびいろ》の光を仄《ほの》かに纏い、ちかちかと明滅《めいめつ》する。魔力、そして魔術を応用した通信の合図だ。

ちょっとごめんね、と距離を取って小さく咳払《せきばら》い。指輪の光に口を寄せる。

「はい、レーヴェ・メルヴェイアです」

『やは～、お元気でっすか～ぁ？』

予想の斜《なな》め上を行く陽気な〝声〟が頭の中に響き、レーヴェは憮然《ぶぜん》として息を吐いた。

「……あの、真面目にやってください」

『めっちゃ真面目じゃ～ん！　もう、レーヴェってばどうしてそういう事言っちゃうかなあ。いやん、私泣くよ？　泣いちゃうよん？』

などとほざく気の抜けた声に、レーヴェはもう一度《いちど》溜息《ためいき》を吐《は》くしかなかった。

この通信の相手は〝C《シー》〟の最高責任者である理事長なのだが、追悼式《レクイエム》で凛とした演説を響かせていた女性その人でもあったりする。

それがどうして、こんなにふにゃふにゃな声になるのか。謎《なぞ》でしかない。

「もういいです。それより何か御用《ごよう》ですか？　マリアベル理事長」

『あぁそうそう。ちょっと急な話なんだけど、今すぐ理事長室まで来て』

彼女──マリアベルの声に、多少の真剣味《しんけんみ》が宿る。

「？　話なら今ここで聞きますけど」

『察しなさい。ソフィーネも呼んでるから』

「……了解《りょうかい》しました」

レーヴェは通信を切ってからふぅと息を吐く。

「ごめん、２人とも。呼ばれたから行くね」

「は、はい！　えと、メルヴェイア先輩。今度、訓練をお願いしてもいいですか？」

「うん、勿論《もちろん》。いつでも連絡《れんらく》して」

「はい！　ありがとうございますです！」

満面に喜色を浮かべて笑《え》むリュミア。力強い返しに小さく微笑《ほほえ》み返し、見る影もなくなった火柱を背に歩き出した。

（やっぱり追悼式《レクイエム》の日は人が少ないね）

レーヴェは飾《かざ》り気《け》のない石造りの廊下《ろうか》を歩く。闘技場の南に位置する、闘士の日常生活に欠かせない施設の詰まった建物、共用棟《とう》１階の廊下だ。

〝C《シー》〟の人間は勿論、闘技試合の観戦に訪《おとず》れた外部の人間も引っ切り無しに通る道なのだが、今日はその試合が1つも組まれていない為、観客がいるはずもない。と、

「きゃっ⁉」

「っ……」

強い衝撃《しょうげき》に転び掛けるも何とか耐《た》える。

曲がり角から勢いよく出て来た女の子とぶつかったのだ。体格に劣《おと》る彼女はそのまま後ろに倒《たお》れ込み、連れと思《おぼ》しき男の子が彼女に駆《か》け寄る。

「だから人少ないからって走んなっつったろーが」

彼らの耳には、黒いピアスがぶら下がっている。レーヴェも同じように身に付けているそれは見習い闘士《ファイター》の証だ。

顔立ちにも幼さが残っている。闘士歴がまだ短い子達だろうか。

「う～、痛～い。助けて～」

「自分で立てバカ。すんません、うちのバカが迷惑《めいわく》を……」

ようやくこちらを見て、彼は言葉を止めた。女の子の方も遅れてレーヴェの顔を見て、表情が固まる。

（……まぁ、自然な反応だね）

相手が首席見習い闘士《トップファイター》であり、闘士としての先輩だと気付いたから。そんな理由では到底説明しきれない、畏怖の視線。

けれど、こういう時にすべき対応はもうとっくに心得ている。

「いえ、大丈夫です。お気になさらず」

波風を立てずに、淡々《たんたん》と。

「そ、そっすか。マジすんませんでした、そんじゃ！」

「ちょ、ちょっと待ってよ～」

逃《に》げるように走っていく男の子と、それを追いかける女の子。レーヴェは1つ溜息、歩みを再開する。

（……人が少ないからって気を抜きすぎたのは僕も同じ、かな）

目立つのは嫌《きら》いだ。気を付けないと。

けれど、物事とは連鎖《れんさ》するモノだ。

「あれェ？　首席《トップ》のメルヴェイア先輩じゃねぇっすかァ？」

面倒《めんどう》事は、特に。

「どしたんっすかァ？　そんな急いで」

「……ええ、理事長からの呼び出しで」

「さっすが先輩っすねェ」

歩み寄ってくるその男の顔には、媚《こ》びへつらうような笑みが張り付いていた。黒いピアスが耳で揺れている。

彼は確かランク200ぐらいで、こちらよりも年上だったはず。ひとまず敬語で、理事長からの用事を匂《にお》わせて早めに切り上げようと思ったのだけど、逆効果だった。

「理事長から直接呼び出されるなんて、俺《おれ》なんか一度もねぇっすわ。この間の共闘技《タッグ》でも次席《ネクスト》と一緒に盛り上げたって聞いたっすよォ？　先輩」

彼が無駄《むだ》に大声なせいで、周囲からの奇異の視線が集まって居心地《いごこち》が悪い。

それに何より、彼が連呼している〝先輩〟。リュミア達の呼ぶそれとは雲泥《うんでい》の差だ。

妬《ねた》み、嫉《そね》み、あるいはそれらをもっとドロドロに歪めたような……、

「そんな先輩にちょっと頼《たの》みがあるんすけど、いいっすかァ？」

押し黙るレーヴェに構わず、彼は続けた。

「今度、入れ替え戦《シャッフル》をお願いしたいんすけどねェ」

予想通りすぎて、もはや溜息すらも出ない。

〝C《シー》〟の見習い闘士《ファイター》の一番の目的は、ランクを上げる事だ。それを高めるという事は、闘いの実力を高めるという事、そして〝C《シー》〟での立場を高めるという事。

ランクを上げるには闘技試合で良い成績を残す必要があるが、闘士同士で刃を交える入れ替え戦《シャッフル》でランクを交換《こうかん》する制度もある……のだが、

「慣例では、入れ替え戦《シャッフル》はランク差が50以内の相手とのみ成り立――」

「知らねぇよんなもん！」

卑屈《ひくつ》な表情を突如崩《とつじょくず》し、彼はレーヴェに詰め寄りながら吠えた。

「俺はなァ、こんな黒ピアスで終わる男じゃねぇんだ。絶対に、赤ピアスを付けるって故郷のオヤジとおふくろと約束してんだよォ！」

なるほど、焦《あせ》りから、か。

見習い闘士《ファイター》にとって最も理想的な未来は、黒ピアスを赤く染め上げてもらう……即《すなわ》ち正式な闘士、純闘士《グラディエーター》となる事だ。

そしてそれはランク50以上が最低条件だとされるが、見習い闘士《ファイター》は20歳《さい》になると引退を強制され、純闘士《グラディエーター》への道は確実に断《た》たれる。

今年で18になるレーヴェ、その年上である彼を駆り立てるモノは容易に察しがついた。

「ちっ、真っ先に魔獣に喰われそうなスカしたツラしてやがるくせによォ！　てめぇの事だ、〝お願い〟して試合に勝たせて貰《もら》ってんじゃねぇのか、あァ？」

「っ……！」

反射的に睨《にら》み返してしまいそうになるのをぐっと堪《こら》えて、拳を握《にぎ》り締《し》める。

(こんなヤツに噛《か》みついたって、しょうがないだろ)

心の中で何度も自分に言い聞かせ、深呼吸。レーヴェは深々と頭を下げた。

「……入れ替え戦《シャッフル》の件、お受けできません。お引き取り下さい」

「あァ⁉　舐《な》めた口利《くちき》きやがってェ……ぶち殺ッ、ぐはッ⁉」

激昂《げきこう》して殴《なぐ》り掛かってきた男。野次馬《やじうま》のどよめきは、しかしすぐに歓声へと変わる。

「にゃはっ、おっはよ～さん♪」

彼方《かなた》から飛来した魔力弾《まりょく》が男に突き刺さり、その体を吹《ふ》き飛ばしたのだ。

欠伸《あくび》交じりに歩み寄ってくる彼女《かのじょ》――ソフィーネ・ラン・ノワールは、火を噴《ふ》いたばかりの得物を装着した右手で、がしがしと赤茶色の髪を掻《か》きむしる。

石の地面を2、3回転してから立ち上がった男は、目を血走らせて彼女を睨みつけた。

「てめっ、何しやがる！」

「ん～、朝の射撃《しゃげき》練習？　てか大袈裟《おおげさ》に吹っ飛ばないで欲《ほ》しいにゃ～」

あっけらかんと言い放ったソフィーネは口角《こうかく》を吊《つ》り上げた。

「で、ちらっと聞こえたけど入れ替え戦《シャッフル》、だっけ？　いーね、やろーよあたしと」

「っ……俺はそこの首席《トップ》に言ったんだ。お前にゃ用はねぇんだよ」

「ん？　んん？　あたしってば、こう見えて次席《ネクスト》ですぜぃ？　首席《トップ》のレーヴェ君に続く二番手なんだから大差なくない？　ねぇやろーよ？」

ぐいぐいと迫《せま》られるも、押し黙《だま》る男。ソフィーネは更に笑みを深くする。

「あ、そっかぁ♪　もしかして、お優しい首席《トップ》様なら〝可哀想《かわいそう》な負け犬〟の為《ため》にわざと負けてランクを交換してくれるかもしれない、みたいな事考えちゃったのかにゃあ？」

（はぁ、ソフィーはいつも楽しそうだね）

図星だったのか、羞恥《しゅうち》と屈辱《くつじょく》で肩を震《ふる》わせる男の姿は、確かに〝可哀想〟だけど。

純闘士《グラディエーター》の役目は、見習い闘士《ファイター》のそれに比べて多岐《たき》にわたる。一騎当千《いっきとうせん》の戦士として闘士以外の一般兵《いっぱんへい》を率いる事もあれば、私兵として貴族の警護を担《にな》う事もある。

実力の伴《ともな》わない闘士に到底務まるモノではない。故に、こうして突き放《はな》すのは優しさでもあるのだけど……、

「ソフィー、君も理事長に呼ばれてるんでしょ。ほら行くよ」

「りょ～か～い♪」

見かねて声を掛《か》けるとソフィーネは軽い足取りで踵《きびす》を返し、

「あと、故郷で約束した～、だっけ？　天涯孤独《てんがいこどく》のあたしらに対するイヤミ？　にゃははっ、だっさ」

「……く、くそっ、〝灰色〟のくせに……っ！」

男は絞《しぼ》り出すようにそれだけ言って、野次馬達を強引《ごういん》に押し退《の》けながらあっという間に廊下の闇《やみ》へと消えていく。

（〝灰色〟のくせに、か）

とてもシンプルかつ簡潔で、だからこそ心にぐさりと刺《さ》さった。


「理事長、よろしいですか」

「どうぞ」

失礼します、と飾り気の無い両開きの扉《とびら》をゆっくりと開く。ぎぃ、と古めかしくて重々しい音と共に部屋に入り、ソフィーネの足音もそれに続く。

真っ先に目を引くのは、いかにも権力者専用、と言わんばかりな大きくて豪奢《ごうしゃ》な机。本棚《ほんだな》には魔術理論やらの小難しそうな本がずらりと並び、反りのある刃《やいば》が特徴的《とくちょうてき》な刀と呼ばれる得物が幾《いく》つか、壁に飾られている。

そして、机の縁《ふち》に腰掛《こしか》けている女性が1人。〝C《シー》〟を束ねる理事長、マリアベルだ。

黒いロングドレス、右目の片眼鏡《モノクル》、そして地面に届きそうなほどに長い金髪。優雅《ゆうが》な佇まいには、確かな風格も備わっている。

「やは～、ちょぉっと来るのが遅《おそ》いぞぉ？　これはお仕置きが必要かなぁ？」

……まぁ、言葉に対する配慮《はいりょ》を忘れていないか黙っていれば、だけど。レーヴェはそれを大多数の見習い闘士《ファイター》は、理事長然とした彼女の振舞《ふるま》いしか知らない。レーヴェはそれを理事長モードと呼んでいる。

熱狂的《ねっきょうてき》なファンを公言する者も多く、比類なき凛々《りり》しさを備えた女性として崇《あが》められているんだとか。湧《わ》き上がる微妙《びみょう》な感情を押し殺し、レーヴェは口を開いた。

「ええ、どうぞご自由に」

「あぅっ！　れ、レーヴェ君？　そういう冷めた返しされると困っちゃうんだけど……」

「まずはそちらの言動を見直されるのが先かと」

予定調和的に戯言《たわごと》をねじ伏せる。とソフィーネが悪戯《いたずら》っぽく笑う。

「は～い、今日もりじちょーの負け～。瞬殺《しゅんさつ》すぎてつまんにゃい」

「うるさーい！　ちょっとは理事長様を敬い……あー」

溜息交じりに言葉を切るマリアベル。と、部屋の外からかすかに足音。

「っ」

ぴり、と部屋の中の空気が張り詰《つ》める。マリアベルの緩《ゆる》み切った顔が、次第《しだい》に理事長モードの風合いを帯びていく。

「危な、意外とギリギリだったわね……2人とも、失礼のないように」

『はい』

声を重ねたレーヴェとソフィーネは背筋を伸《の》ばし、部屋の脇《わき》へと退いた。

〝C《シー》〟のトップに立つマリアベルがここまでの礼節を以《も》って出迎《でむか》える客など、そうそういるものじゃない。どんな相手にせよ、対応を間違《まちが》えるわけにはいかないのだ。

こつこつ、と靴音《くつおと》を響かせてマリアベルは扉の前に向かい、静かに開く。

「……お待ちしておりました。どうぞ、お入りください」

「うむ」

凛とした声に促《うなが》されて部屋に入ってきたのは、青年、だった。

純白のスーツで全身を固めた、恐らくは20代半ばであろう男。尊大な歩みで足を踏《ふ》み入れる。

髪《かみ》は綺麗《きれい》に手入れされ、目鼻立ちも美しく、洗練された凛々しい顔立ちだ。彼《かれ》の育ちの良さが垣間見《かいまみ》える。

続いて入ってきたのは初老の男。そちらとは面識があったが、ひとまず気にしない。

「首席見習い闘士《トップファイター》、レーヴェ・メルヴェイアと、次席見習い闘士《ネクストファイター》、ソフィーネ・ラン・ノワールでございます」

理事長の紹介《しょうかい》に合わせて腰を折る。部屋の中央で立ち止まった男はじろりと値踏《ねぶ》みするようにレーヴェ達《たち》を見やり、

「お前が……〝灰色〟か」

その言葉だけで、レーヴェは色々と察してしまう。

心臓が急激に冷たくなっていくような、落胆《らくたん》、失望、諦念《ていねん》の入り混じった感情。寒々しい思いを胸に、心中で呟《つぶや》く。

(あなたも、そちら側ですね)

それならそれで構わない。レーヴェは偽《いつわ》りの笑みを満面に浮《う》かべてみせた。

「はい、レーヴェ・メルヴェイアと申しま」

「へらへら笑うな、目障《めざわ》りだ」

(……お気《き》に召《め》さなかった、か。媚びへつらわなくていいのは助かるけど)

貼《は》り付けた笑みを捨て去り、もう一度《いちど》腰《こし》を折る。と、マリアベルが口を開いた。

「2人とも、こちらの方はヴァルミラ・ヴィルヘルム・ライズベリー様よ。ご多忙《たぼう》のところ、こうして〝C《シー》〟まで足を運んでくださったの」

「ふん、せいぜい光栄に思うがいい」

青年──ヴァルミラの人を食ったような態度に案の定、短気なソフィーネの表情に僅《わず》か

に険が寄る。だが幸いにも向こうはそれに気付かなかったようだ。

ライズベリー侯爵家《こうしやく》。レムディプス共和国において四大貴族と呼び習わされる、貴族階級の中で特に強い権力、発言力を持った家系の一角だ。

〝C《シー》〟を擁《よう》する3つの闘技都市、アイレム、リノアディ、グプス。そして国内最大の闘技場を街のど真ん中に据《す》えた首都、ラインハート。

四大貴族はこれら4つの都市を実質的に統治しており、ここアイレムはライズベリー家の管轄《かんかつ》となっている。

更《さら》に言えば〝C《シー》〟の運営もまた、彼らの援助《えんじょ》により成り立っている。なので、ソフィーネの態度でヴァルミラの不興を買う事は何としても避《さ》けたいところだが……、

（……はぁ、分かりましたよ。理事長）

あんたがどうにかフォローしなさい。彼女の眼はそう言っていた。

「さて、理事長の言うように私も暇《ひま》ではない。さっさと用件を伝える」

そう言ってヴァルミラは懐《ふところ》から折り畳《たた》まれた紙を取り出す。2枚だ。彼はもどかしそうにそれらを開き、両手でつまんでレーヴェとソフィーネの前に提示した。

「喜ぶがいい。お前達の純闘士昇格《グラディエーターしょうかく》試験の日取りが決まったぞ」

「……え……」「はぁっ……？」

揃《そろ》って呆《ほう》けた声を漏《も》らしつつ、2人は受け取った紙の文面に目を通す。

「ライズベリーの名の下に行われる試験だ。これに合格した暁《あかつき》には、名門ライズベリーの擁する純闘士《グラディエーター》部隊に名を連ねる事となる」

「………………」

自分の生家を臆面《おくめん》も無《な》く名門と呼ぶ神経は正直どうかと思うが、その紙にはライズベリーの家紋《かもん》の印がしっかりと捺《お》されている。間違いなく、正式な通達書だ。

「……何だ。不服か？　貴様ら」

2人の沈黙《ちんもく》を見て取ってか、ヴァルミラが低い声を紡《つむ》ぐ。

「いえ、そんな事は……その、僭越《せんえつ》ながら、質問をよろしいでしょうか」

「……ふん、いいだろう。何だ」

「ライズベリー侯爵家は大貴族。擁する純闘士《グラディエーター》の数もかなりのものと聞《き》き及んでいます。若輩《じゃくはい》たる僕達《ぼくたち》などをその末席に加えるとなると、何か理由があるのでしょうか？」

実際、四大貴族が飼っている純闘士《グラディエーター》のほとんどは、既《すで》に何かしらの功績を残した純闘士《グラディエーター》をスカウトしたケースが多いと聞く。役に立つかどうかが未知数の見習い闘士《ファイター》に声を掛けて昇格を薦《すす》めるのは、下位に位置する貴族の手法と言って良い。

ヴァルミラは小さく舌打ち、窓の外を見やりながら返す。

「……元々、ライズベリーが欲《ほっ》しているのはソフィーネ・ラン・ノワールのみ。回復魔術師《リバイバル》を補充《ほじゅう》するのが目的だ。お前にはさほど興味がない」

何より〝灰色〟だからな、と小声で付け足す。相変わらず嫌悪感を隠す気も無い。

「だが、仮にもランクの頂点に立つ首席《トップ》をさしおいて次席《ネクスト》だけ純闘士《グラディエーター》に押し上げるのは、ランク至上主義のサバイバルを生きる見習い闘士《ファイター》達を失望させかねない、という父上のお気遣《きづか》いからの判断だ……これで満足だな？」

「……はい。ありがとうございます」

喉《のど》のあたりまで出かかった言葉を飲《の》み込《こ》み、腰を折る。

（ランク至上主義？　よく言うよ）

貴族達が欲するのは単純に強く、死なない闘士。ランクなどその指標の1つにすぎない。ランクを理由に温情で試験を、なんて生温《なまぬる》い連中では断じてないのだ。

であれば、ソフィーネを配下に加えたい、というその言葉が本当だとして、レーヴェの方は何かしらの体裁《ていさい》を保つ為だけの〝ついで〟という事になるが……、

「試験は5日後、私も見届ける予定だ。闘技場《とうぎじょう》の日程の調整は任せるぞ、理事長」

「委細、承知致《いた》しました」

長い金色の髪を床《ゆか》に這《は》わせながら腰《こし》を折るマリアベル。それを一瞥《いちべつ》し、部屋の入口へと

歩き出すヴァルミラ。

「……ヴァルミラ様」

と、ずっとヴァルミラの後ろに控《ひか》えていた初老の男性が初めて口を開いた。

「なんだ、ゼレス」

「私事で恐縮ですが、少々お時間を頂戴《ちょうだい》してもよろしいでしょうか？」

「ん？　あぁ、お前はこの〝C《シー》〟の出身だと言っていたな……まぁ、いいだろう」

「寛大《かんだい》な御配慮《ごはいりょ》、痛み入ります。外に私の部下が控えておりますので」

「長くは待たんぞ」

ヴァルミラは鼻を鳴らして扉を開け、そのまま出て行った。

軋《きし》むような音と共に扉が閉まる。ただそれだけの事で、部屋の中の空気が幾分《いくぶん》か弛緩したように感じられた。

「……ね～え、レーヴェえええ」

と、ソフィーネがこちらを見る。恐ろしい程に甘《あま》ったるい猫撫《ねこな》で声に鳥肌《とりはだ》が立った。

「あのクソ野郎《やろう》、あたしをエロい目で見やがったんだけどぉ……撃《う》ってきてい～い？」

「……いいよ、って言ったらホントにやるんだよね君は。却下《きやっか》」

「ケチ。あ、でもあいつこの試験に同席するっしょ？　ミスったふりして狙撃《そげき》とかどう？」

「それは流石《さすが》に勘弁《かんべん》願いたいね、ノワール君」

苦笑いを浮かべながら、部屋に残った男性が一歩前に出る。

白髪《しらが》の交じり始めた短髪《たんぱつ》が目に付くが、そこに弱々しさは無く、むしろ畏怖を抱いてしまうような老獪《ろうかい》な威圧《いあつ》感が漂っている。

(この人も全然衰《おとろ》えが見えないなぁ)

じゃなきゃ務まらない仕事なのだろうけど。レーヴェは居住まいを正した。

「お久しぶりですゼレス先生。先生が国王直属《インペリアル》になられて以来でしょうか」

「もうそんなになるかな。マリアベルとはちょくちょく会っているのだが」

「そうそう、密会密会。いやん、背徳的ぃ!」

「マリアベル。その軽口は直しなさいと何度も言って来たはずだがね?」

呆《あき》れたように頭を振《ふ》り、男性――ゼレスが言う。

数年前に国王直属《インペリアル》、つまり国王の私兵として召集《しょうしゅう》された人だ。

レムディプスにおける〝国王〟と呼ばれる存在は、他の国のそれとは様相を異にしているが、巨大《きょだい》な権力を持っている点は共通している。

時にその代弁者となる国王直属《インペリアル》は、純闘士《グラディエーター》すらも羨《うらや》むエリートだ。

「まったく……こちらも毎日のようにライズベリーの八男坊の我《わ》がままに振り回されてい

るんだ。君くらいはしっかりして欲しいものだね」

「ゼレスせんせー、本音本音」

「ん？　あぁ、これは失敬」

悪戯っぽく指摘《してき》したソフィーネに、返すゼレスの声色《こわいろ》は少し楽しそうだった。

「いやはや、ライズベリー家に出向してまだ２ヶ月程度だが、自分で思うよりも疲れているのかな。参ったね」

「ライズベリー家の八男……となると、確か末子《まつし》ですよね」

「よく知っているね、メルヴェイア君。彼は家督《かとく》相続とは縁遠《えんどお》い立場にある為、ライズベリーの公務にはほとんど名を連ねていないというのに」

まぁいいさ、と１つ手を打ってゼレスは話題を変えた。

「それより、昇格試験だ。確かメルヴェイア君は純闘士《グラディエーター》の地位にさほど興味を持っていないと記憶《きおく》しているが、資格を取っておいて損はないよ。頑張《がんば》るといい」

「……はい」

「まぁたそうやってしけたツラする〜。ほら、試験っていつもよりも強い魔獣《まじゅう》と対戦《マッチ》させられるんっしょ？　どーせなら楽しんでいこ〜ぜぃ？」

「それを楽しめるのは君を含《ふく》めた少数派だけだよ」

溜息を吐《は》くレーヴェと対照的に、ソフィーネは無邪気《むじゃき》に笑う。

日々の何でもない生活のみならず、魔獣との殺し合いの中ですら楽しさを見出《みいだ》せる。彼女は、自分とは正反対だ。

そんな彼女に憧《あこが》れているし、尊敬の念も抱いているが……少し、眩《まぶ》しすぎるね。

「さて、そろそろ行かねば機嫌《きげん》を損《そこ》ねそうだ。マリアベル、そちらは頼んだよ」

「はいは～い」

「はい、は1回。三十路《みそじ》の女性にこんな注意をさせないでくれ。……では、また」

ゼレスは足音1つ立てずに歩き出し、足早に部屋を出て行った。扉を睨みつけたマリアベルが唇《くちびる》を尖《とが》らせる。

「まだ30手前です～。失礼しちゃうなぁ」

「同じようなものですよ」

「同じじゃないし！　30と29には天と地の差があるし！」

「たった1年で埋《う》まるようじゃ、天と地の距離《きょり》も大した事ありませんね」

「むぐぐ……っ」

言い返せずに唸《うな》るマリアベル。しかもちょっと涙目《なみだめ》だ。

「にゃはっ、やっぱ瞬殺ぅ！」

「うるさいうるさいうるさ〜い！　理事長様を敬えないような見習い闘士《ファイター》の悪い見本は、とっとと出ていきなさ〜い！」

（……確かに、今ここでぐだぐだ思《おも》い悩《なや》んでいても仕方がない、か）

両手を天に突《つ》き出して駄々《だだ》っ子のように騒《さわ》ぐ理事長に背を向け、レーヴェは歩き出す。

「分かりました。ソフィー、行こう」

「え？　あ、ちょっ、今のは冗談《じょうだん》だからもうちょっとお喋《しゃべ》り」

「それではマリアベル理事長、昇格試験関係の手続き、よろしくお願いします。立場上、僕《ぼく》らは一切《いっさい》お手伝い出来ませんが」

「にゃはっ、応援《おうえん》してま〜す」

小さく頭を下げ、２人は理事長室を後にした。

ぎぃぃ、と音を立てて閉じる扉。ホント悪い見本よ〜〜〜！　と何やらこの世の全てを呪《のろ》うような甲高《かんだか》い声が響《ひび》き渡《わた》ったが気にしない。

「まったく……何を叫《さけ》んでるんだか。三十路なのに」

「いつも思うけど、あんたってりじちょー相手だとやけに毒舌《どくぜつ》よね」

「そうかな。普通《ふつう》だよ、普通」

首を傾《かし》げるソフィーネに、レーヴェは小さく笑いかけるのだった。

◆◆◆◆

「せやっ！」

「おおっとぉ！」

裂帛《れっぱく》の気合を乗せた拳《こぶし》が鋭《するど》く放たれる。が、それは難なくかわされた。

「んー？　ちょっと動き鈍《にぶ》くなってきてなぁい？　まだまだ楽しもうぜぃ？」

「も、もう訓練始めてからっ、かなり経《た》ってるんですけどっ!?」

「そんな事ないないない。よっし、んじゃ次はあたしからっ、とぉ♪」

「ど、どうして、こんな事にぃ……！」

一気に距離を詰めて反撃《はんげき》に転じるソフィーネ。リュミアは大きく息を乱しながらも、どうにかそれを捌《さば》き切っていく。

練武室。共用棟の1階に設けられた巨大な訓練所だ。

部屋という表現には不釣《ふつ》り合いな広さの室内には訓練に励《はげ》む多くの人影《ひとかげ》が見え、剣戟《けんげき》の音と魔術《まじゅつ》の光があちらこちらで乱れ舞《ま》っている。

その一角で拳を交える2人はどちらも高ランクの見習い闘士《ファイター》とあって、周囲の闘士達《とうしたち》も闘《たたか》いぶりをちらちらと盗《ぬす》み見ているようだった。

拳の応酬《おうしゅう》を続けた彼女達《かのじょたち》は、がっしりと体を密着させて組み合う。というより、リュミアがソフィーネの激しい攻《せ》めを嫌って強引に組み付いた形だ。

「あれあれ～？　そんな必死におっきな胸押し付けてきちゃって、自慢《じまん》かにゃ～？」

「なっ、ななな⁉︎!　そんなつもりは……せ、セクハラですっ！　ソフィーネ先輩《せんぱい》だって、胸おっきいじゃないですか！」

「いやいや、あたしは身長から言って平均よりちょっとおっきい程度だし？　あんたのはアレよ、ロリ巨乳《きょにゅう》ってヤツ？」

「うぅ……わ、私だって好きでおっきくなったわけじゃ――――」

（――――うん、何これ？）

そんな彼女達を遠巻きに見守りながら、レーヴェは頬を掻く。

今日は本来、リュミアと訓練をする日だった。けれどその話を耳聡《みみざと》く聞きつけたソフィーネが乱入。こっからは女の子の時間だから、などとわけの分からない理由で追い払《はら》われ、レーヴェは仕方なく自主練に励んだのだ。

で、一通り終わったので様子を見に来たらこのありさまだ。

「もうっ、何なんですか！　レイス先輩にもちっちゃい私をバカにしてる、とか言われて小突《こづ》かれるですし！　おっきいにはおっきいなりの悩みがあるですのに！」

訓練の高揚《こうよう》に当てられてか、大声でそんな事を喚《わめ》くリュミア。

うん、止めよう。彼女の尊厳の為にも。

「はい、そこまで」

「ふぇ？」

組み合った2人を半ば強引に引き剝《は》がす。と、ソフィーネがこちらにだけ聞こえるように小声で言う。

「もうちょっとリュミアちゃんの痴態《ちたい》を見ときたかったにゃ〜」

「いつか友達なくすよ、次席《ネクスト》さん」

「にゃはっ、レーヴェ君だけはずぅっと友達っしょ？」

「まぁ腐《くさ》れ縁だし……死ぬまでは、ね」

と、ようやくレーヴェの存在に気付いたリュミアがこちらを見やり、

「……っ、め、めめめめめめめめメルヴェイア、先輩っ⁉　いつからっ⁉⁉」

「ついさっき、かな。模擬《もぎ》戦とはいえ呑気《のんき》に会話をしてる時点で集中が切れてるな、って思って止めさせてもらったよ」

「つい、さっき……あ、あの！　えと、会話の内容は……？」

「内容？　いや、そこまでは聞き取れなかったけど」

という事にしておこう。さっきの会話を他人、しかも男の先輩に聞かれたと分かったら、さすがに可哀想だ。

リュミアはランク72に位置する成長株の見習い闘士《ファイター》である前に、15歳の年頃《としごろ》の女の子なのだ。恋愛《れんあい》にも興味津々《きょうみしんしん》みたいだし、気遣ってあげないと。

こんな自分と仲良くしてくれる、数少ない友人の1人なんだから。

「今日はもう終わりにした方がいい。オーバーワークは良くないよ」

リュミアの呼吸はまだ少し乱れていて、淡緑《たんりょく》のサイドテールが小刻みに揺《ゆ》れている。タンクトップも汗《あせ》を吸い、くしゅりと濡《ぬ》れているのが見て取れた。

実際、疲《つか》れ切っていたのだろう。安堵《あんど》の溜息《ためいき》を吐《は》いたリュミアだったが、

「ちょい待ち」

またしてもソフィーネの横槍《よこやり》。先ほどのような小悪魔《あくま》的な表情ではなく、獲物《えもの》を見つけたネコのような好戦的な笑顔《えがお》。

「リュミア、なんか新しい魔術開発したって？　最後に見せてにゃ〜」

大きく距離を取り、くいくいと指を動かして挑発《ちょうはつ》するソフィーネ。……あぁ、これは言葉じゃ止まりそうにないヤツだ。

「あたしは回復魔術師《リバイバル》。そう簡単には死なないからぁ……殺す気で来なぁ！」

「……もぉ！　知らないですよ！」

右手の中指だけが露出《ろしゅつ》した特注のグローブをぎゅぎゅっと装着し直したリュミアは、中指にはめたツバメのレリーフが映《は》える指輪に純白の光を纏《まと》わせた。

と同時、鋭い踏み込み。魔術の詠唱《えいしょう》が無かった事を訝《いぶか》しんだソフィーネだったが、ひとまずリュミアの拳を受け止める。

「にゃは、この期に及《およ》んで出し惜《お》しみ？　殺す気でって、やばっ⁉」

終始余裕《よゆう》の表情だったソフィーネの顔に初めて浮かぶ焦燥《しょうそう》の色。拳を受け止めた手が光り出したからだ。

回し蹴《げ》りを放つソフィーネ。リュミアはそれを辛《かろ》うじて避けて跳躍《ちょうやく》、大きく距離を取る。

ソフィーネの手には光が纏わりついたまま。そして、

「起爆《ボン》っ！」

爆発《ばくはつ》。とは言っても手を吹き飛ばすような威力《いりょく》は無く、ソフィーネの手のひらの表面を焦《こ》がす程度。

焼け爛《ただ》れた手を眺《なが》めたソフィーネは、にやりと笑って回復魔術《リバイブ》を発動させた。

「やるじゃん。設置魔術《トラップ》？」

「はい。〝七色地雷《マインレインボー》〟、です」

魔術。レムディプスで生まれ、無数に分類分け、体系化がなされた技術。術者の精神力を媒介器《ばいかいき》たる指輪を介《かい》して魔力《まりょく》に変換《へんかん》。それを紋様《ルーン》と言霊《ことだま》によって制御《せいぎょ》、変化させる事で引き起こされる〝奇跡《きせき》〟。

そして理論上、開発し得る魔術の種類が無限に近い事もあり、未《いま》だ奇跡の進化はとどまる事を知らない。その発展の一翼《いちよく》は、全ての闘士によって等しく担われている。

「地面や空間にじゃなく、格闘《かくとう》術を活《い》かして敵そのものに術式を貼り付けるのか。リュミアらしい応用魔術《アレンジ》だね」

殺傷する力、攻撃魔術《バースト》。護《まも》り抜《ぬ》く力、防御魔術《シールド》。分け与《あた》える力、強化魔術《エンチャント》。

これら三種を基本魔術《ベーシック》と呼ぶ。

そして、基本魔術《ベーシック》を軸《じく》に発展させた魔術が応用魔術《アレンジ》だ。設置魔術《トラップ》は攻撃魔術《バースト》の、回復魔術《リバイブ》は防御魔術《シールド》の応用魔術《アレンジ》に当たる。

「あはは、先輩に褒《ほ》めてもらえると自信になるですね！　詠唱が無いので威力は低めですが、術式の使い分けも可能で、発動する直前まで判別もしにくいのが強みです」

「それで虹《レインボー》ね。あたしの〝七光《ななひかり》〟と似てるにゃ～」

「ですです」

〝七光《ななひかり》〟――ソフィーネが魔力弾を撃ち出す時に用いる、他国で広く普及《ふきゅう》している〝銃《じゅう》〟という武器から着想を得た彼女自作の武具だ。

大きめの指輪の側面から細長い筒《つつ》が飛び出ているような形状で、筒を十指の背に乗せるようにして装着する。それら全てから同じ魔術を撃ち出す事も、それぞれの筒で魔術を撃ち分ける事も出来る。

1つの魔術に特化するより複数の魔術を使い分けるべし、というのが現代魔術戦の基本的な考え方であり、彼女達の闘い方はそれを踏襲《とうしゅう》していると言える。

「……七光《ななひかり》って虹色《にじいろ》の魔力弾の比喩《ひゆ》なのでしょうけど、本来の意味的にはアレですよね？　親の威《い》を借るキツネ、的な。何でそんな名前に……？」

「面白《おもしろ》いじゃん」

「……ですよね。ソフィーネ先輩ですもんね」

「まぁフィーリングってあるよね。ソフィーのはちょっとどうかと思うけど」

どちらからともなく笑う2人を見て、ソフィーネは不満げに少し頬《ほお》を膨《ふく》らませた。

実際、魔術において〝名前《ネーミング》〟というのはわりと重要だ。

例えば、愛用の得物に名前を付ける事で自身の魔力がより馴染《なじ》むようになる。

複雑、高等な独自《オリジナル》の魔術式に唯一無二《ゆいいつむに》の名前を刻《きざ》み込めば、より安定した術式となる。

場合によっては相手への威嚇《いかく》、牽制《けんせい》などにも応用できる。

レーヴェも愛用する赤塗《あかぬ》りの短剣《たんけん》に〝血濡れ《ブラッディ》〟という大仰《おおぎょう》な名前を付けているように、必須《ひっす》ではないにせよ蔑《ないがし》ろにしていい要素でもないのだ。

「ん、満足したにゃ～。そんじゃまぁ、メシにでも行きますかぁ？」

手のひらの火傷《やけど》をきっちり完治させたソフィーネが伸びをしながら笑う。

「うん、そうしよう。リュミアも一緒《いっしょ》にどう？」

「は、はい！　ご一緒させてくださいです！」

「あと、今日の事は他の何かで埋め合わせをするよ。今度はソフィー無しでね」

「え～何そのあたしが邪魔《じゃま》したみたいな言い方。ね、リュミアちゃんもあたしとの殴り合い、楽しんでくれたよにゃ～？」

手をひらひらさせたソフィーネにひきつった笑いを返したリュミアは、顔を背《そむ》けてぼそりと呟いた。

「……この人、いつか絶対ぶっ殺してやるです……！」

「ん？　リュミアちゃんってば、今なんか言ったぁ？」

「な、ななな何でもないですよ！　ええ、何でも！」

「はは……あ、そうだ。ソフィー、この間のヤツ、頼《たの》んでみる？」

「ん？　あ～アレか。確かに今日しかタイミング無さげ？」

ふと思いついたので提案してみると、ソフィーネは少しだけ表情を引き締めて頷《うなず》いた。

何かしらを感じ取ったのだろう、リュミアも姿勢を正したようだった。

「あの、私に何か……？」

「うん、本当はもっと時間に余裕がある時が良かったんだけど」

昇格試験はもうすぐだ。その前に、どうしてもやっておきたい事があった。

闘士として、そして何より人として。これだけは欠かすわけには、いかない。

「僕らまだ、ルナに会えてないんだ。だから……墓参りを、ね」


〝C《シー》〟はアイレムの街のほぼ中央に鎮座《ちんざ》しているが、それでいてアイレムの街から隔絶《かくぜつ》されている。深い堀《ほり》と高い壁《かべ》にぐるりと囲まれている為だ。

堀に渡された橋を渡り、壁による閉塞感《へいそくかん》を覚えながら〝C《シー》〟の敷地《しきち》に入ると、共用棟《とう》を含むいくつかの建物とそれらを繋《つな》ぐ柱廊《ちゆうろう》が〝輪〟を模《かたど》って出迎える。

更に〝輪〟の中央を目指して進む事で、ようやく中心にある闘技場に辿《たど》り着ける構造だ。

そして、〝輪〟と闘技場の間に存在する空間は〝内庭《ガーデン》〟と称《しよう》され、人の手がほとんど入っていない為、乱立する木々や下草で見通しは非常に悪い。

敢《あ》えて手入れがされていないのだ。鬱蒼《うっそう》とした自然を利用した模擬戦などに有用だから、との事らしいが、広大な内庭《ガーデン》の手入れは金の無駄《むだ》だから、という噂《うわさ》もちらほら。

「……こちら、です」

そんな色濃《いろこ》い緑の一角に、切り拓《ひら》かれ、ぼろぼろの柵《さく》で申し訳程度に区切られた質素な墓地がある。夕日に照らされ、黄金色《こがねいろ》に輝《かがや》いていた。

墓地、と言っても十字を模った石碑《せきひ》が立ち並ぶ、という一般的《いっぱんてき》なそれとは違《ちが》う。棍棒《メイス》、刺突剣《レイピア》などの武具が一定の距離を置いて土に突き刺さっているだけだ。

全て、墓標。〝C《シー》〟という場所ならではの、闘いからの解放を意味する無骨な証明。寂《さび》れている。その表現がこれほど似合う場所をレーヴェは他に知らない。

「ありがとう。無理はしないで」

「……はい、です……」

掠《かす》れて震えた声。先導していたリュミアが、つい先程《さきほど》までの溌剌《はつらつ》とした明るさが一切取り払われた静かな声音《こわね》で白い息を吐き出す。

うっすらと浮かぶ涙《なみだ》。だけど彼女《かのじょ》は笑ってみせた。自分に言い聞かせるように顔をぶんぶん振りながら、気丈《きじょう》に。

「大丈夫《だいじょうぶ》、です。私はもうルナ先輩の前で、泣いたりしませんです」

「そっか……」

道を空けるリュミア。ソフィーネと共に足を踏み出し、その墓標に手を触《ふ》れた。

弓。レムディプスで主流の短弓《たんきゅう》ではなく、東方から伝わって来た身《み》の丈《たけ》を超《こ》す長弓《ちょうきゅう》だ。

生前のルナ・ベアトリクスが愛用していた得物である。

「やぁ、ルナ。遅くなったけど、来たよ」

「どう？　少しはそっちにも慣れたかにゃ〜？」

一輪ずつ花を弓の前に供える。赤と青、名前すら知らない花達が風に揺れる。

追悼式《レクイエム》で送られた死者達は皆《みな》この共同墓地で眠《ねむ》る事になる。しかし遺体はもう焼却《しょうきゃく》してしまっているし、何より数が多すぎる。

その為、追悼式《レクイエム》が行われる度に墓標を1つだけ増やすのだ。ルナの遺品がそれに選ばれたのは、今回送られた見習い闘士《ファイター》の中で彼女のランクが最も高かったからだ。

「……参ったね。いざ目の前に立つと何を話せばいいのか……」

「いいじゃんそれで。しつこく話しかけたらこの子、ゆっくり眠れないっしょ」

そうだね、と呟き、在りし日の記憶を掘《ほ》り起こしながら訥々《とつとつ》と言葉を紡いでいく。

最近あった事、ルナと初めて出会った時の事、ルナがソフィーネと手合わせして負かされた時の事。一度話しだすとぽろぽろと言葉が溢《あふ》れて来る。

「にゃはは、あん時は大変だったにゃあ。泣きじゃくるあんたを泣きやませるのに、あたしがどんだけ苦労した事か」

「あれはソフィーが悪いよ。新人相手に手加減無しとか、僕ですらちょっと引いたし」

「るさいっつの」

手を合わせる。黙祷《もくとう》。後ろから聞こえた小さな嗚咽《おえつ》は気のせいだと思う事にした。

もう彼女の凛々しい顔を見る事も、白砂《はくしゃ》のようだった綺麗な肌《はだ》に触れる事も、少しハスキーだった声を聞く事も、無い。彼女の死が、ようやく現実味を帯びてのしかかる。

と、吹《ふ》き荒《すさ》ぶ風が寒々しく肌を嬲《なぶ》る中、砂利《じゃり》を蹴《け》る音が小さく聞こえた。

「ん……?」

もう日も暮れそうなのに、自分達以外にも墓参りに……? ちょっとした好奇心《こうきしん》でそちらを見やると見知った顔があり、ゆっくりと歩み寄った。

「レグネア先生……ですよね。お久しぶりです。僕の事、覚えていらっしゃいますか?」

「……無論、だ。私が専任教師《インストラクター》として最後に指導した生徒だから、な」

角刈《かくが》りの黒髪《くろかみ》を撫《な》でつけて、壮年《そうねん》の男——レグネア・ヴォロンツが無表情で頷く。

専任教師《インストラクター》とは、闘士を教え導く者。その多くはかつて闘士として〝C《シー》〟を生き抜いた実績を持ち、その技を後進に伝授して少しでも無駄死《むだじ》にを減らす事が存在意義だ。

「それを言ったら、僕にとっても先生は最後に師事した専任教師《インストラクター》ですよ」

「うむ……見知った闘士が送られたの、か？」

真新しい墓標を見やり、レグネアがどっしりとした低い声で尋《たず》ねる。

「はい、友人でした。先生も墓参りに……？」

「昔の友に会いに、な。ここ最近は何かと忙《いそが》しくて、合間を縫《ぬ》うのも一苦労、だ」

「あー、そーいやレグネアせんせーって今、りじちょーの〝懐刀《ふところがたな》〟なんだっけ？」

国王の手足が国王直属《インペリアル》なのであれば、理事長にとっての手足が〝懐刀〟。各地に出向き、極秘《ごくひ》の任務をこなし続けるような役職と聞く。

専任教師《インストラクター》の役職は辞したようだ。理事長にこき使われる激務と兼任《けんにん》する余裕は無かったのだろう。

レグネアはソフィーネを見やり、少しだけ顔を歪《ゆが》めた。

「……ノワール、か。聞いている、ぞ？　相変わらずの暴れ馬だ、な」

「あら、古い付き合いなのにひどい言い草。せめて暴れ猫《ねこ》って言って欲《ほ》しいにゃ～」

「え？　ソフィー、レグネア先生に師事してた事あるの？」

「〝C《シー》〟に入って最初のせんせーよ。あたしの格闘術もせんせー直伝だし？」

……思えば、彼女は同期生の中で格闘術の実力は常に頭一つ抜けてたっけ。今更《いまさら》ながらに納得《なっとく》した。

が、当のレグネアはかつての弟子《でし》に胡乱《うろん》な視線を投げかけるばかりだ。

「……引退した身とは言え、専任教師《インストラクター》としての自分の至らなさに恥《は》じ入るばかり、だ」

「いやいや、今や昇格試験を間近に控えた次席《ネクスト》ですぜぃ？　そんなあたしをまるで問題児みたいに言わないで欲しいにゃ～」

「……むしろ問題児以外の何者でもないです……」

「リュミアぁ？　聞こえてんぞぉ？」

笑顔で詰《つ》め寄られ、リュミアがじりじりと後ずさっていく。横目でそれを見送ったレグネアが、レーヴェの眼をまっすぐに見やる。

「お前も昇格試験が実施《じっし》されるそうだ、な？」

「……はい」

特に意識していなかったのに、こぼれた返事はとても弱々しくなっていた。

日に日に気が重くなる。訓練や魔術の調整もしっかりこなしているつもりだが、こればかりは精神的な問題だからどうしようもない。

闘士《とうし》である以上、誰《だれ》もが目指すべき純闘士《グラディエーター》。それに最も近いであろう立場にありながら、純闘士《グラディエーター》の身分に一切興味を持たない首席《トップ》の自分。

早く終わって欲しいけど、出来る事なら永遠に来ないで欲しい。そんなつまらない事ばかり考えてしまう。

「相変わらず難しい顔をしている、な」

少し言葉を選ぶように言い、無表情を僅かに緩《ゆる》めてレグネアは踵《きびす》を返す。と、

「迷いは死を招く。お前のみならず周りにも、だ」

短く足を止めて、ポツリ。そのまま墓地を出て行くレグネアの後ろ姿に、レーヴェは静かに頭を下げた。

とそこへ、リュミアの顔を腕《うで》でロックしたソフィーネが、ずるずると彼女を引き摺《ず》りながら戻《もど》ってきた。

「あれ。せんせーってば、もう行っちゃった感じ？」

「やっぱり忙しいんだろうね。……さて、僕らもそろそろ行こ」

「め、メルヴェイア先輩！　私を無視してナチュラルに進めないで欲しいです！」

もはや金切り声に近い必死すぎる声を受け、ソフィーネの手からリュミアを救出。彼女は深呼吸を数回繰《く》り返した。

「……ぁ、死にかけたです……っ」

「だいじょぶだいじょぶ、死ぬ前に治したげるから。このあたしの前で死に晒《さら》すなんて真《ま》

似《ね》、許すわけないじゃん？」

「……名医さんとかが言うならこれほど頼もしいセリフはないですけど、殺しかけた人に言われると恐怖《きょうふ》しかないですね」

「はは……」

まぁ、いつもはこんな感じのソフィーネも、回復魔術《リバイブ》に関しては彼女なりのポリシーがあるみたいだ。その言葉に嘘《うそ》はない……と信じたい。

レーヴェは空を見上げた。夕色は黒に移行し始めていて、断末魔《だんまつま》のように眩しい光を振りまく陽を前に目を眇《すが》める。

「試験、か……」

「はい、応援してますです！　メルヴェイア先輩ならきっと楽勝です！」

「あっれ～？　あたしへの声援《せいえん》が聞っこえないぞぉ？」

「あ……そ、ソフィーネ先輩も、が、頑張ってくださいね！」

「ん～？　なんか躊躇《ためら》いが見えるにゃ～？」

「あ、いえ、ですから……め、メルヴェイぃぃぃぃぃ!?」

またもソフィーネがリュミアに襲《おそ》いかかる。助けを求められた気がするが、君も頑張れ、と心の中で応援するにとどめた。

「……そうだね。頑張るしか、ないよね」

たとえ、その先に続くであろう道が血で染まっていようとも。

コートの内側に仕込《しこ》んだ血濡れ《ブラッディ》を握《にぎ》りしめ、レーヴェは目を瞑《つぶ》った。

第2章　魔女

異様な光景だった。

見慣れた闘技場の舞台《ぶたい》。その上を舞う影《かげ》が2つ。

片や長大な角が特徴的《とくちょうてき》な魔獣。その角には濃厚《のうこう》な魔力が詰まっているらしく、角から生み出された魔力が時に刃《やいば》に、時に盾《たて》と化して対峙《たいじ》者を苦しめる。

片や赤茶色の髪《かみ》が特徴的な闘士。魔獣の攻撃《こうげき》をネコのように機敏《きびん》な体術でいなしつつ、両手に取り付けられた〝七光《ななひかり》〟を駆使《くし》して的確に反撃を加えていく。

いつもと同じ人と魔獣の闘い……なのだが、やはり違和感《いわかん》は拭《ぬぐ》えない。そこに闘いの音はあっても、〝声〟が全くないから。

闘士を応援する声が、囃《はや》し立てる声が、野次《やじ》る声が。

（試験なんだから当たり前だけど……これはこれでやりにくそうだね）

闘技場の南口。魔獣専用の北口と対をなす重厚《じゅうこう》な門の傍《そば》でレーヴェは腕を組む。

一見ソフィーネの優勢に見えるが、勝負を決めきれずにいるのが実状。回復魔術師《リバイバル》の彼女にとって、爆発的《ばくはつてき》な攻撃力《こうげきりょく》を生み出せないのは明確な弱点なのだ。

（……ん？）

と、終始走り回って魔獣との距離を維持《いじ》していたソフィーネが、唐突《とうとつ》に動きを止めた。息を整えつつ、魔獣と真正面から睨《にら》み合う。

それを好機と捉《とら》えた魔獣が、自慢の大角を突き出すように突進《とっしん》する。並の得物、防御魔術《シールド》では到底《とうてい》防ぎ切れない。恐《おそ》らくレーヴェの巨大化短剣《ヒュージダガー》でも無理だ。

けれど、彼女は一欠片《ひとかけら》の躊躇いも無く突っ込《こ》んだ。

角が展開する魔力の刃で体をずたずたに引き裂《さ》かれながらも、回復魔術《リバイブ》で強引《ごういん》に自身を癒《いや》しながら一気に距離を詰めていく。

そして、魔力の盾の内側で〝七光《ななひかり》〟が火を噴《ふ》く。

１０の弾丸《だんがん》は、爆炎を、氷雪を、雷鳴《らいめい》を、風刃を……あらゆる責め苦を以《も》って魔獣の顔面に突き刺《さ》さり、断末魔の悲鳴すらも許さずに消し飛ばした。

「勝負あり！」

ゼレスが高らかに声を上げる。頭を失った巨体《きょたい》が地面に横たわってから少しの間を置き、観客席からぱちぱちと控えめな拍手《はくしゅ》が起こった。

最大で数万人を収容できる観客席だが、今そこにいるのはマリアベルやレグネア、そして専任教師達《インストラクターたち》だけ。まばらに座《すわ》っている事もあって余計に物寂《ものさび》しさが漂《ただよ》っている。

（なるほど。ゼロ距離からの射撃《しゃげき》で盾を無視しつつ、一斉射撃《いっせいしゃげき》で威力もカバー。相手の攻め気に合わせて手薄《てうす》になった防御《ぼうぎょ》を狙《ねら》うのは理に適《かな》ってる。けど……）

「……ちょっと無謀《むぼう》じゃない？　ソフィー」

「だってしゃーないじゃん」

青く濁《にご》った返り血を手で拭いつつも、彼女は意にも介さず屈託《くったく》ない笑《え》みを浮《う》かべた。

革ジャンは原形を保ちつつもボロボロで、ダメージジーンズと遜色《そんしょく》ない有様になってしまっている。傷そのものは回復魔術《リバイブ》でほとんど完治していたが、かなりの手傷を負っていた事は想像に難《かた》くない。

「喰《く》らいながら治し続ける、って初めてやってみたけど意外とイケるもんだにゃ～。ゾンビアタック……ん～、もっとかっこいい感じの名前《ネーミング》無い？」

「実用化しないで。見てる方の心臓に悪いから。でも、ミスした振りしてヴァルミラさんを狙撃する、っていうのは冗談だったみたいで安心したよ」

「え？　あ～忘れてた！　うわ～、何回かチャンスあったのに～」

……試験の前に思い出させなくて良かった、と心の底から安堵するレーヴェだった。

とそこへ、ばしん！　と思いっきり背中を叩《たた》かれた。その細腕《ほそうで》のどこが生み出しているのか、ものすごい衝撃《しょうげき》にたたらを踏《ふ》む。

「ほら、行ってこい首席様《トップ》。負けたらシバくから」

ひらひら手を振って笑う彼女。レーヴェは1つ頷き、コート越《ご》しにひりひり伝わる痛みに急《せ》かされるように足を踏み出す。

「こちらへ」

舞台の中央に辿り着くとゼレスが低い声で言い、それに従って歩みを止める。

「汝《なんじ》の名をここに」

「姓《せい》をメルヴェイア、名をレーヴェ。アイレムが〝C《シー》〟にて首席《トップ》の位を賜《たまわ》りし者」

格式ばった定型文を述べたその時、がしゃん、と硬質《こうしつ》な音が響いた。

北口の檻《おり》。そこが唐突に開いたのだ。

早速魔獣《さっそくまじゅう》を投入か……と身構えたレーヴェだったが、明らかに小さなそのシルエットに毒気を抜かれた。

（……女の、子……？）

視線が、〝彼女〟に吸《す》い込まれていく。

肩《かた》に掛《か》かる程《ほど》の、透《す》き通るような黒い髪。そこに細長い棒がこめかみ辺りから斜《なな》めに挿《さ》さっている。棒の端《はし》から垂れた数本の鎖《くさり》の先で色とりどりの飾《かざ》りが揺れ、少女の黒髪と相《そう》互《ご》に引き立て合っている。

身に纏っている赤を基調とした服は、この辺りではあまり見ないモノだ。確か東方から伝わったモノで、着物……だったか。袖《そで》の部分がやけにだらんと垂れ下がっていて、少しばかり異様だ。

珍《めずら》しいその装《よそお》いも相俟《あいま》って、こちらに歩み寄ってくる少女の姿は、この場にどうしようもなく馴染まない。

（それに……純闘士《グラディエーター》か）

どこか頼りない足取りの少女の後ろを歩く、４人の人間。１人はヴァルミラ、残りは純闘士《グラディエーター》の証である赤いピアスが耳で揺れている。

彼女の警護、だろうか？　ならば彼女は高貴な身分……いや、違う。

それはまるで、戦場に追い立てるかのような。

それはまるで、退路を断っているかのような。

「間《ま》抜《ぬ》けヅラを晒すな」

ヴァルミラが歩きながら言う。場内が細波《さざなみ》のようにざわめき出すが、彼《かれ》は鋭く視線を巡《めぐ》らせてそれらを封殺《ふうさつ》した。

彼らはレーヴェから少し離れた所でゆっくりと立ち止まった。そして、

「さて、お前の相手は〝これ〟だ」

「え……？」

呆《ほう》けた声が漏《も》れた。その言葉の意味が、すぐには頭の中で噛《か》み砕《くだ》けなかった。

明らかに少女を見やりながら、彼は言った。レーヴェは乾《かわ》いた唇を潤《うるお》す事も忘れ、やっとの事で問う。

「僕の試験は、闘士との模擬試合形式……という事でしょうか？」

「ふん、闘士か。お前には〝これ〟がそう見えるのか」

見えない。服装も、佇《たたず》まいも、何もかも。そもそも、昇格《しょうかく》試験で対人試合が行われた前例などないはずだ。

少女がこちらを見た。レーヴェははっと息を呑《の》む。

黒瑪瑙《オニキス》のような深い漆黒《しっこく》を湛《たた》えた瞳《ひとみ》が、鋭い感情を投《な》げ掛けてくる。

恐怖、憎悪《ぞうお》、悲哀《ひあい》、そして小さくも確かな殺意。僅《わず》かに気圧《けお》され、思わず一歩退いた。

「……約束、ちゃんと守って」

少女が、か細い声で言う。可愛《かわい》らしくも抑揚《よくよう》のない高音。

ヴァルミラは少しだけ顔をしかめたが、またあの薄笑《うすわら》いを浮かべた。

「あぁ、守ってやる。お前に出来るものならな」

「………」

少女が小さく息を吸って、吐いて。

袖で隠《かく》れた両手が光を放つ。恐らく指輪の光……だが少し濁っているように見えた。

その光が零《こぼ》れ落ちるようにして土の地面に吸い込まれていき、

（……何だ、アレは……？）

次の瞬間には地面を穿《うが》つようにして、黒い水……いや、泥《どろ》に近い質感の何かが生まれていた。

攻撃魔術《バースト》？　いや、あの泥を用いて身を護る防御魔術《シールド》か？

彼女は何者だ？　年齢《ねんれい》は多分リュミアと同じくらい。自分よりも年下だろう。

約束とは何だ？　この場で闘う事で果たされる？

何一つとして判然としない。何なんだ、これは……！

「そもそも、だ。お前は１つ勘違《かんちが》いしている」

困惑も手伝《てつだ》って苛立《いらだ》ちを募《つの》らせるレーヴェを見て、ヴァルミラがにやりと口角を上げた。

「〝これ〟は人間じゃない」

（人間じゃ、ない？　何を……どこからどう見たって……！）

少女に視線を戻す。とその時、黒泥に明らかな変化が起きた。

泥溜まりがぼこぼこと沸騰《ふっとう》するように沸《わ》き立ち、地面を這《は》い始めたのだ。それは少女の体に纏わりついていく。

そして、ぬるりと体を覆《おお》った泥が一瞬《いっしゅん》の内に固まった。

お尻《しり》の辺りから生えた黒い尻尾《しっぽ》が生々しくゆらゆらと揺れ、手は垂れていた袖を巻き込んで巨大《きょだい》な爪牙《そうが》と化し、足は細いながらもしなやかさと強靭《きょうじん》さが窺《うかが》える。

顔の辺りを覆う泥はない……いや、あった。頭の上に2つ、耳のようなモノが生えている。その姿を一言で言い表すとすれば、

（……ネコ？）

そう、ネコだ。人間大の黒いネコが、オニキスの瞳でこちらを見ている。

僅かな観客達が沸《わ》いた。恐怖か、驚愕《きょうがく》か、関心か。

レーヴェは歓声《かんせい》に気付かない。気付けない。ただただ、ネコと化した少女に視線を注ぐ。

「さぁ殺し合え、それでこそ闘士だ……ゼレス」

「はっ」

踵を返して純闘士《グラディエーター》達と共に距離《きょり》を取るヴァルミラ。恭《うやうや》しく腰《こし》を折ったゼレスが、レーヴェと少女の間に立つ。

「両者、構えよ」

「ゼレっ、待っ」

「始め！」

動揺《どうよう》するレーヴェを尻目《しりめ》に、四《よ》つん這《ば》いになって疾走《しっそう》を始める少女。

もはやネコのそれでしかない不自然な走り方を前に、本能が打ち鳴らした警鐘《けいしょう》に急かされてやむなく迎撃《げいげき》の構えを取る。

訳の分からぬまま、寒空の下で試験の舞台が幕を開けた。


「あぁぁぁアっ！」

「くっ……う！」

振《ふ》り下ろされた右腕《みぎうで》の爪《つめ》が巨大化短剣《ヒュージダガー》と交錯《こうさく》し、がきぃ、と金属質な音が響《ひび》く。しゃん、と少女の髪飾《かみかざ》りが儚《はかな》くも場違《ばち》いな音を奏《かな》でる。

（なんっ、どこからこんな力が……っ！）

およそ、少女らしからぬ膂力《りょりょく》だ。恐らく、ソフィーネ以上。全力で押《お》し返しているのに、拮抗《きっこう》させるのが精一杯《せいいっぱい》だ。

「っ⁉ うわっ！」

とその時、彼女の体を纏う黒泥が波打ち、その一部が切り離《はな》されて飛び掛かってきた。

すんでのところでそれをかわし、反射的に距離を取る。

（あれは……あれも、ネコ？）

真っ黒な体と真っ赤な瞳。こちらはネコとして標準的なサイズだ。

〝ミィカは傷つけさせないからな、ニンゲン！〟

と、頭の中に魔術《まじゅつ》の通信に似た〝声〟が響き渡《わた》る。

少女の方はと言えば、元の着物姿に戻っていた。黒ネコを切り離した事で同化が解けた、という事だろうか。

（あの女の子は、ミィカという名前なのか……いや、黒い体に、赤い瞳……？　まさかっ！）

彼女は『人間じゃない』という言葉。それが意味する事が、ようやく分かった。

ヴァルミラの方を見やる。彼は少しだけ眉をひそめた後、口角を上げた。

「ふん、ようやく気付いたようだな。そうだ、そいつは〝魔女〟だ！」

それは禁忌《きんき》。それは悪魔の化身《けしん》。それは絶対の災厄《さいやく》。

老若男女《ろうにゃくなんにょ》問わず、彼らは魔女と総称《そうしょう》される。魔力で造った黒泥の体に魔獣《まじゅう》の魂《たましい》を宿した赤目の使《つか》い魔《ま》、影の魔獣《デイム》を従えた存在。

幾度《いくど》となく戦乱の引き金となるも、２０年程前の大戦に於《お》いて多くが囚《とら》われて処刑《しょけい》され、彼らは歴史の表舞台《おもてぶたい》から姿を眩《くら》ました。

人の身にして人に仇為《あだな》す者。故に彼らは〝人〟という枠《わく》から外される事となる。人でも魔獣でもない中途半端《ちゅうとはんぱ》なモノ。それが〝魔女〟なのだ。

（……この試験は〝魔《ま》女狩《じょが》り〟を兼《か》ねている、という事なのか？）

大戦の後、生き残った魔女は各地に逃《に》げ隠れた。そんな魔女の隠れ里《ざと》を探し出し、捕《と》らえ、処刑する。その一連の行為はいつしか〝魔女狩り〟と呼ばれるようになり、純闘士《グラディエーター》の仕事の1つとなっていると聞くが……、

「何を突《つ》っ立っている、貴様ら！」

と、レーヴェの煩悶《はんもん》を吹き飛ばすかのようにヴァルミラの野次が飛ぶ。

「目の前の敵を殺す、単純な話だろう！　生き残りたくば、〝オーロラグレイ〟たり得る素質をこの場で示してみせろ！」

（オーロラ？　何の話だ……？）

と、視界の端でネコが少女の頭の上に飛び乗るのが見えた。

〝ミィカ、やるよ！〟

「……うん。来て、リア……！」

頭に響く〝声〟と、それに頷く魔女の少女。やはり、あの少女はミィカという名前で間《ま》違《ちが》いなさそうだ。なら、影の魔獣《ディイム》はリアというのだろうか。

ミィカの頭上でリアの体がどろりと溶《と》け、先程と同じ、ネコを模ったような姿に変わる。

影の魔獣《ディム》を纏ってその身体能力を取り込む。そんな術式だと推測する。

得物に付与《ふよ》する事が多い強化魔術《エンチャント》だが、自身の肉体を強化する術式も存在する。彼女のそれは、強化魔術《エンチャント》の応用魔術《アレンジ》に近いのかもしれない……が、

（……いや、待てよ。今……）

1つの事実がレーヴェの本能をがりがりと引っ掻《か》く。

（あの娘《こ》、影の魔獣《ディム》と会話した……？）

影の魔獣《ディム》と密接な関係にある魔女と言えど、言葉を介した意思疎通《そつう》は出来ない。彼らの闘《たたか》いは影の魔獣《ディム》との〝共闘《きょうとう》〟というよりは〝使役《しえき》〟に近いはず。なのに……、

（……処刑とか試験とか、ひとまず後回しだ）

確認《かくにん》しなければ。もしかしたら彼女は……彼女も……！

巨大化短剣《ヒュージダガー》を紡《つむ》ぐレーヴェの前で、ミィカはバックステップ。軽く跳《と》んだようにしか見えないその挙動は、しかし驚異的《きょういてき》な跳躍《ちょうやく》を生み出し互《たが》いの距離を大きく空けた。

と、
体を旋舞《せんぶ》させてネコの如く着地、四つん這いでレーヴェを睨み据《す》える。

「っ……！」

一瞬。

一瞬で、黒の爪はレーヴェの眼前に迫《せま》っていた。爆発的な脚力《きゃくりょく》が生み出す、滑空《かっくう》するかのような真横への跳躍。辛《かろ》うじて反応し、どうにか刃で爪を受け流す。

(動きは速いけど、慣れてきた……！)

巨大化短剣《ヒュージダガー》を振り上げて反撃《はんげき》。体勢を整え直したミィカが遅《おく》れて気付き、反射的にか両手の爪を掲《かか》げて短剣を防ごうとする。

「あぅっ……！」

そうして視界の狭《せば》まった彼女に足払《あしばら》いを掛けて一気に押し倒《たお》し、

「動かないで」

巨大化短剣《ヒュージダガー》を首元に置いて動きを制限し、耳元で囁《ささや》く。びくぅっ！　と可哀想《かわいそう》なくらいに肩を震《ふる》わせた彼女は、ふーっ、ふーっ、と荒《あら》い息を吐《は》きつつも抵抗《ていこう》をやめた。闘い慣れていないのか、たったこれだけの攻防《こうぼう》なのに疲労《ひろう》の色が濃《こ》すぎる。影の魔獣《ディム》との同化も解け、赤い着物が露《あら》わになった。

〝ミィカを、放せぇっ！〟

「おっと……」

またもリアが泥の中から飛び掛かってきたけれど、警戒《けいかい》していたので難なく反応できた。

普通《ふつう》のネコを捕《つか》まえるように首根っこを掴《つか》む。

思っていたよりもその感触《かんしょく》は温かく、毛並みも滑《なめ》らか。とても泥とは思えない。

〝くっそぉ！　放せ！　はーなーせー!!〟

じたばたと暴れながら爪を振り回す姿は、殺伐《さつばつ》とした闘いの中で場違いに可愛らしくて。

レーヴェは思わず笑ってしまった。

ともあれ、闘いの大勢は決した。少し遠くからヴァルミラの下卑《げび》た声が耳朶《じだ》を打つ。

「ふん、勝負あったか。少々つまらんが、まぁいい。とっとと魔女を殺せ！」

「……ねぇ、君」

雑音は無視し、レーヴェは眼下の少女に問う。

「君はさっき、この黒ネコと会話していたよね？」

「え……な、何を」

「いいから。答えて」

語気を強める。もうなりふり構ってなどいられない。

レーヴェにとってそれは、何よりも優先すべき事柄《ことがら》だったから。

「…………ど」

ミイカがか細い声を紡ぐ。ん？　と顔を寄せると、彼女は少しだけ震えた唇《くちびる》から、もう一度言葉を絞《しぼ》り出した。

「そう、だけど……それが、何？」

「…………………………、そっか」

それは求めていた答えだった。

でも、諦《あきら》めていた答えでもあった。

だからレーヴェは、そう返すだけで精一杯で。

「何をしている！　時間の無駄だ、早くやれ！」

(あぁもう……ライズベリー《トラ》の威《い》を借るしか能のないキツネは黙《だま》ってろよ)

空を見上げる。闘技場の天蓋《てんがい》から差し込む陽の光に目を眇めた。

依然《いぜん》として、魔女《ミイカ》を処刑する試験は続いている。けれど、鬱屈《うつくつ》とした気分は一切《いっさい》なく、清々《すがすが》しさがレーヴェの全身を支配していた。

「君、名前は？」

改めて問う。彼女は面食らったような顔になり、次いで表情を殺しつつ顔を逸《そ》らした。

「……何で、そんなこと訊《き》くの」

「知りたいんだ。ただそれだけだよ」

その返しに彼女は唇を噛み、目を泳がせ、観念したようにぼそりと呟《つぶや》いた。

「……ミイカ・ユリリィ」

「ミイカ……」

うん、合ってた。それに、ちょっとは心を開いてくれたような気がして、それが何より嬉《うれ》しかった。

「はは、可愛らしい名前だね」

「うるさい。あなた、さっきから何なの？　もういいから早く殺して」

〝諦めたらダメだよミイカ！〟

と、未《いま》だに宙ぶらりんな状況《じょうきょう》のリアが、ふーっ！　とこちらを威嚇《いかく》しながら幼い〝声〟を張り上げた。

「で、でもリア……この人、すごく強い。勝つなんて、無理だよ……」

〝どうしちゃったんだよミイカ！　忘れちゃったの？　何が何でも生き延びてお母さんの仇《かたき》を討《う》つ、ってあんなに言ってたじゃんか！〟

「そっか、母親を……辛《つら》かったね」

〝さっきからうるさいぞニンゲン！　お前なんか今からミイカとボクの爪でぎったぎたに引き裂いてやるんだからな！〟

「はは、それは怖《こわ》いね。お手柔《てやわ》らかに」

〝このぉ、バカにしてぇ……！〟

「………、っ⁉　ちょ、ちょっと待ってリア！」

血相を変えたミィカ。ようやく、彼女も気付いたらしい。

この状況が、普通に考えてあり得ないという事を。

〝何だよミィカ！　ボクはこのニンゲンと話してるんだから邪魔《じゃま》しないで！〟

「それ、おかしい！　なんであなた、この人と話せてるの……⁉」

〝へ？　それってどう……あぁぁぁ⁉〟

暴れる事をやめたリアが、その深紅《しんく》の瞳でこちらをまじまじと見やる。

ミィカはミィカで、口を半開きにして呆けたような顔。そこには死に抗《あらが》う魔女ではなく、年相応の少女らしい間の抜《ぬ》けたあどけなさがあった。

濁った指輪の光。リアとの会話。もう、間違いない。

レーヴェは優《やさ》しく微笑《ほほえ》んで、言った。

「答えは簡単。僕《ぼく》は〝灰色〟……君と同じだよ、ミィカ」

〝灰色〟。その存在は大抵《たいてい》の場合、魔女と同列に語られてきた。

人間でありながら獣《けもの》や魔獣の言葉を聞き取れるモノ、人の言葉を届けられるモノ。

異端《いたん》なる者とも呼ばれ、魔女ほどではないが毛嫌《けぎら》いされる。

〝灰色〟の数はかなり少ないらしく、レーヴェも自分以外の〝灰色〟と出会った事は無かった。恐らく、隠れて生きる魔女よりもよほど希少な存在だろう。

（けれど、ミィカは魔女、そして〝灰色〟でもあった。異端中の異端……か）

人間の目から逃《のが》れて隠れ里で暮らし、けれど魔女狩りによって炙《あぶ》り出され。心の拠《よ》り所《どころ》だったはずの母親を殺されてライズベリーに捕《とら》えられ、生き残りを掛けた殺し合いをこんな見世物同然の状況で強要されている。

〝灰色〟は世の爪弾《つまはじ》き者ではあるが、それは『確実に普通の人間とは異なる』から接触《せっしょく》を嫌《いや》がる人が多い程度の話。獣との〝会話〟を見咎《みとが》められたり、ましてや殺されるわけでもない。問題行動を起こさない限りは普通の暮らしも許される。

少々、自由が奪《うば》われるのもまた事実ではあるが……少ないながらも対等に接してくれる友人、慕《した》ってくれる後輩《こうはい》がいた自分は、きっと恵《めぐ》まれていたのだろう。

レーヴェはミィカを組み伏《ふ》せる手を解き、立ち上がる。そして手を差し伸《の》べた。

ミィカはやっぱり戸惑《とまど》った様子だったけど、おずおずと手を取ってくれた。

「あなた……あなたも、本当に、〝灰色〟なの……？」

「そうだよ。リアの〝声〟、全部聞こえてる」

確か、ネコの鳴き声は〝にゃーにゃー〟だっけ？　ソフィーネに教えて貰《もら》った事だけど、自分の耳で聞いた事がないからいまいち実感が湧かない。

と、観客席の専任教師達《インストラクター》がにわかにざわつき出す。殺し合っていた2人が唐突に和解したように見えているはず。不審《ふしん》に思うのも当然だ。

（ヴァルミラの言った〝オーログレイ〟……〝灰色《グレイ》〟、か。僕達《ぼくたち》と無関係な言葉だとは到底思えない）

ここで彼女《かのじょ》と引き合わされ殺し合っているのは、誰かが意図的に仕組んだ結果だ。ヴァルミラ個人か、あるいはライズベリー侯爵《こうしゃく》家か。

そこにどんな意味があるのかまでは分からないし、知る必要もない。きっと、お貴族様にしか関係のない、心底くだらない事情だ。

「ふざけるなメルヴェイア貴様ぁ！　私は殺せと」

「マジでうるっさいよ、お前」

ずかずかと歩み寄るヴァルミラに、レーヴェはこれまでの鬱憤《うっぷん》をたっぷりと込めた言葉を乗せて血濡れ《ブラッディ》の切っ先を向けた。

驚《おどろ》いて顔を歪めるヴァルミラ。貴族の気品が欠片《かけら》も見当たらないその様子に、少しだけ胸がすく。

(なるほど、ソフィーはいつもこんな事を……楽しそうなわけだ)

そう、レーヴェは今、この状況を心のどこかで楽しんでいた。こんな気持ちはもう、何年ぶりだろうか。

どんな道に進んでも〝灰色〟として異端視《いたんし》される。そんな諦念《ていねん》から湧き上がる感情を全て押し殺し、適当に毎日を生きてきた。

なのに、よほど悪運が強かったのか生き残り続け、いつの間にか首席《トップ》になってしまった。

でも、そのおかげでこうして自分よりも過酷《かこく》な状況に置かれた彼女に会えた。

こんな事を言うのは恥ずかしいけれど。運命だと、思ったんだ。

(この高揚感《こうようかん》……ソフィーに話したら『一目惚《ひとめぼ》れ？』って言われそうだね)

違《ちが》う……とも言い切れないか。〝灰色〟に出会えた喜びがあるのは勿論《もちろん》だけど、けしてそれだけじゃない。

(まるで全身の細胞《さいぼう》がミィカを助けろ、って叫《さけ》んでるみたいだ……！)

ちょっと大袈裟《おおげさ》かな。小さく笑い、レーヴェは詠唱《えいしょう》を開始する。

「き、貴様ぁ！　この私に向かって舐《な》めた真似をぉ……！」

お貴族様は大層ご立腹のようだ。短剣《たんけん》を向けたぐらいでこれ……ならば、今からする行動は果たしてどれだけ彼を怒《いか》り狂《くる》わせるのだろう？

ああ、楽しみだ。

「複製《レプリカ》をその身《オン》に」

血濡《ブラッディ》れが、増殖《ぞうしょく》する。1つ、2つ、5つ、10、20、50……鈍色《にびいろ》の光で形作られた模造品が際限なく、レーヴェの周囲に山と積み上がる。

「2つの御印《みしるし》、集い混じりて舞《ま》い踊《おど》れ！　浮遊《フロート》をその身《オン》に！」

そして、積み上がった鈍色達がふわりと浮き上がる。まるで意思あるかのごとくくるくると宙を踊ったそれらは、切っ先を一斉《いっせい》に〝敵〟へと向けた。

複製《レプリカ》×《オン》浮遊《フロート》の術式。その刃より逃れる術《すべ》は無し。

「顕現《けんげん》せよ、狂い踊る《リベリオン》灰刃の群れ《ワルツ》……行け！」

手元に残る血濡《ブラッディ》れを指揮棒《タクト》のように薙《な》ぎ払《はら》う。無数の灰刃が飛来し、ヴァルミラと純闘士《グラディエーター》達に襲い掛かる。

賽《さい》は、投げられたのだ。

「行くよ、ミィカ！」

「え？　あ、っう……！」

事態の推移に付いていけていないミィカの手を引き、走り出す。

〝み、ミィカをどこに連れていく気だぁっ、ニンゲン！〟

「ここから遠い場所に、だよ！　リア、君はさっきみたいにミィカと同化して！」

〝う……うぅ、分かったよもう！〟

良かった、従ってくれた。〝灰色〟だと認めてくれたのだろうか。

（よし、後はどうにかして〝Ｃ《シー》〟から逃げ、っ⁉）

右から、悪寒《おかん》。レーヴェは反射的に腕を構える。

と同時、強烈《きょうれつ》な蹴《け》りが見舞《みま》われる。ガードにこそ成功したが、足を止めざるを得なかった。

（くっ、いつの間に……）

３人いた純闘士《グラディエーター》の１人だ。軽い身のこなしで地面に降り立つ。

容易《たやす》く追いつけるような距離じゃなかった。魔術か……？

「何をしている、レーヴェ・メルヴェイア」

低い声で、彼が言う。レーヴェは唾《つば》を飲《の》み込んだ。

「……見て分かりませんか？」

「弁解は無しか。ならばこちらも容赦《ようしゃ》無く」

「い～やっほぉ～～～～～～!!」

またも、闖入者《ちんにゅうしゃ》。聞き慣れた声と共に彼女は純闘士《グラディエーター》に飛び蹴《げ》りを叩き込んだ。

「ま〜だまだぁ!!」

そこへ、〝七光《ななひかり》〟による怒涛《どとう》の掃射《そうしゃ》。大量の、性質の違う魔力《まりょく》弾に晒された純闘士《グラディエーター》は、大きく身を翻《ひるがえ》して距離を取った。

「ほらほら、ぼーっとしてんな首席様《トップ》ぁ！」

ソフィーネは射撃の手を緩《ゆる》めずにこちらに笑いかける。彼女を共犯にする事に少し躊躇いを覚えたが、頷《うなず》いた。

「南口は？」

「無理、さっきロックされてた」

「対応が早いね。彼らのいる北側は言わずもがな……なら」

逃げ道《みち》は１つだけ。レーヴェは巨大化《ヒュージ》×浮遊《オンフロート》の術式を素早《すばや》く紡ぐ。

「顕現せよ、遊泳する短剣《ダガーサーフィン》……飛ぶよ！」

「オッケー♪　って事で魔女っ子ちゃん？　ちょいと失礼するにゃ〜」

「は、放し、て……！」

片手でミィカを脇《わき》に抱《かか》え、巨大化短剣《ヒュージダガー》の上に乗るソフィーネ。３人……と１匹《ぴき》の重さを乗せて操作するのは初めてだ。集中しなければ。

闘技場の天蓋は大きく開かれている。が、空を飛ぶタイプの魔獣の逃走《とうそう》防止用に魔力《まりょく》による膜《まく》の展開が可能だ。

レーヴェの反逆を受け、今まさに乳白色の魔力膜が展開された。だが、ぶ厚い鉄の塊《かたまり》である格子《こうし》檻《おり》に比べれば明らかに耐久力《たいきゅうりょく》に劣《おと》る。

旋回《せんかい》しつつ高度を上げる。天蓋はもうすぐそこだ。

「突っ切るよ、掴まって！」

ソフィーネが右手をレーヴェの体に巻き付け、ミィカを抱える左手に力を込める。微《かす》かに彼女達《かのじょたち》の体温を感じつつ、レーヴェは更《さら》に加速する。

がりがりがりがり！　と魔力を削《けず》る音が耳元でうるさく響く。が、数秒と経《た》たずに耳障《みみざわ》りな雑音は途切《とぎ》れ、レーヴェ達は闘技場の上空へと飛び出した。

見下ろせば闘技場の天蓋、〝C《シー》〟と外界を断絶する壁《かべ》、そしてその外に広がるアイレムの街並み。地上よりも強い風がレーヴェの灰色の髪をたなびかせた。

ここまで来れば、ひとまずは大丈夫《だいじょうぶ》だろう。レーヴェは緊張《きんちょう》の糸を少し緩めた。

「……で、何のつもり？　ソフィー」

「あら、御挨拶《ごあいさつ》だにゃ～」

抱えたミィカを巨大化短剣《ヒュージダガー》の上に下ろすソフィーネ。ミィカは最大限の警戒をしていたが、そんな事はどこ吹《ふ》く風《かぜ》で笑う。

「いやさ？　魔女っ子ちゃんとのバトルが始まったと思ったら、なーんかレーヴェ君が楽しそうな事おっ始《ぱじ》めちゃったからさぁ。乗っからなきゃバカじゃん？」

「君、さっき純闘士《グラディエーター》資格を勝ち取ったばかりでしょ。歴代最速で剥奪《はくだつ》されるよ？」

「面白《おもしろ》ければそれでいいのですにゃ〜」

「はぁ、まったく……」

自分から厄介《やっかい》事に首を突っ込もうとするのは相変わらずだ。満面の笑みはどこか狂気《きょうき》じみていて、改めて彼女の頭がおかしい事を思い知らされる。

けど、心強くもあった。

「で、あんたこそどうするつもり？」

「……ミィカを逃がす。そうしたいって、思ったから」

それ以上、論理的な説明は出来ない。本当にそうとしか言いようが無かった。

たとえ闘士としての未来を棒に振っても、結果として死んだとしても。

レーヴェは前を向いて短剣の操作に集中する。

「さすがに、一気に街の外まで逃げられるほど甘《あま》くない。街中で人目のない場所を」

「くっ……ぁぁ!?」

「あぅっ……！」

鈍《にぶ》い音と、悲鳴。振り返ると巨大化短剣《ヒュージダガー》の上に2人の姿は無く、代わりに純闘士《グラディエーター》の男が1人。ミイカもソフィーネも、空中に放り出されていた。

「そう簡単に逃がすわけがないだろう?」

(っ……さっきと同じだ、一瞬で追いつかれる。この術式は……)

純闘士《グラディエーター》は慣れない足場ながらも正確無比な蹴りを放つ。かなりの実力者だ。まともにやり合えば不利。が、ここで彼を放置するとまた謎《なぞ》の術式で追いつかれる。ここでどうにか倒して……いや、それよりもまずはミィカの安全を……!

「む……っ⁉」

と、純闘士《グラディエーター》の体が唐突《とうとつ》に宙を舞った。いや、何かに引き寄せられたように見える。その先には、〝七光《ななひかり》〟を構えたソフィーネ。重力魔術《グラビティ》か……!

(ありがとう、ソフィー!)

レーヴェは短剣の進路を真下に切り返し、落下していくミィカを猛《もう》スピードで追う。もうかなり地面が近づいてしまっている。間に合え……!

「ミイカ!」

地面に激突《げきとつ》する寸前のミィカをどうにか抱《だ》き留《と》め、遊泳する短剣《ダガーサーフィン》ごと地面に不時着。スピードは殺しきれなくて、ごろごろと地面を転がってようやく止まってくれた。

「……ミィカ、無事？」

「う、うん……あなたこそ」

「大丈夫」

先に立ち上がったミィカが手を差し伸べる。

普通のネコの手と形状は似ているが、攻撃《こうげき》の為《ため》の爪部分はかなり大きい。全てをネコそのままに模倣《もほう》しているのではなく、あくまで戦闘《せんとう》用の擬態《ぎたい》なのだろう。

爪を避《よ》けるように彼女の手を掴んで立ち上がり、周囲を見渡《みわた》す。

（ここは……まだ内庭《ガーデン》か）

辺りを見回すも、鬱蒼《うっそう》とした木々で全く見通せない。レーヴェは短く考える。

空を飛ぶのはかなりリスクが高くなってしまった。となるとこの木々に身を隠しながら外へ……いや、そんな悠長《ゆうちょう》な方法ではすぐに追いつかれる。どうすれば……、

「……っ、危ない！」

「ひっ……ぅ」

飛来したモノを巨大化短剣《ヒュージダガー》で叩き落とす。矢だ。明らかにミィカを狙《ねら》っていた。

「おーいおい、ライさんいねーじゃんかよぉ」

「回復魔術師《リバイバル》の子もいないし、ライさんはそっちの相手をしてるんじゃない？」

近付く2つの影《かげ》。男と女、赤いピアス……純闘士《グラディエーター》だ。

「んじゃま、こっちは俺《おれ》らで片づけるとすっか。ちんたらしてるとヴァルミラのおっさんがまたキレ散らかすしよ」

「あんなのでも今はゼレス様の雇《やと》い主《ぬし》、口は慎《つつし》んでよね」

「へーいへい。つーわけでだ、魔女《まじょ》。大人しく捕まってくれたら痛い思いせずに済むぜ？」

「あ……ぅ」

肩を震わせるミィカ。レーヴェはその肩に手を置き、護《まも》るように前に立った。

男の方が露骨《ろこつ》に顔を歪《ゆが》めた。

「はぁ、出たよおい。首席《トップ》なんだっけか？　理由は知らねぇしどうでもいいが、なぁにやってんだお前。ここは闘士の先輩《せんぱい》として指導してやらなくちゃなぁ！」

（来る……っ！）

男は曲刀《サーベル》を、女は短弓《たんきゅう》を構え、臨戦態勢に。レーヴェも深呼吸で息を整えつつ、汗《あせ》ばむ左手で血濡《ブラッディ》れを力強く握《にぎ》りしめた。

レーヴェ・メルヴェイアは見習い闘士《ファイター》として晩成だった。

扱《あつか》える魔力量だけは同期生の中で突出《とっしゅつ》していたが、攻撃魔術《バースト》、防御魔術《シールド》のどちらにも適性がなく、回復魔術師《リバイバル》のソフィーネよりも常にランクが下だった。

そして、中途半端な強化魔術《エンチャント》だけでどうにか生き繋《つな》いできた彼は、〝二重強化《ダブルエンチャント》〟の習得を境に頭角を現す事になる。

「複製《レプリカ》をその身《オン》に。２つの御印《みしるし》、集い混じりて舞い踊れ。浮遊《フロート》をその身《オン》に」

顕現せよ、狂い踊る《リベリオン》灰刃の群れ《ワルツ》。流麗《りゅうれい》に紡ぎ上げたその術式を、純闘士目掛《グラディエーターめが》けて叩《たた》きつける。男の方が舌打ちした。

「くそがっ、見習い闘士《ファイター》の分際で二重強化《ダブルエンチャント》なんざ使ってんじゃねぇっ！」

曲刀《サーベル》で短剣を叩き落とされていくが、本当の狙いは奥《おく》にいる女の方。

弓はレムディプスで普及《ふきゅう》している武器の中では、少々殺傷力が低いとされる。弓の手練れならば話が変わってくるが、一般的《いっぱんてき》に弓は威力《いりょく》の高い魔術の詠唱の為に敵の足を止める、という使い方をされる事が多い。

この攻撃は、彼女を見極《みきわ》める為だ。

「くっ……!?」

迫りくる短剣の群れを、女はひたすらにかわしながら距離を取ろうとする。熟練した弓使いなら矢を剣《けん》のように振り回すだけでもかなりの戦闘力《せんとうりょく》を見せるそうだが、彼女にそんな素振《そぶ》りは全く見えない。

魔術型か、なら……っ。レーヴェが走り出すと同時、男もそれを阻《はば》もうと回り込《こ》む。

「全解除《オールリリース》！　巨大化《ヒュージ》をその身《オン》に！」

狂い踊る灰刃の群れ《リベリオンワルツ》の術式を消し去り、巨大化短剣《ヒュージダガー》で曲刀《サーベル》と切り結ぶ。ぎゃりぎゃりぎゃり！　金属音と共に火花が散る。

「舐めんなっ！」

鋭《するど》い一閃《いっせん》に、レーヴェの手から得物が弾かれてしまう。だが、それでいい。

「2つの御印《みしるし》、集い混じりて舞い踊れ。浮遊《フロート》をその身《オン》に」

強化魔術《エンチャント》は、一度掛《か》ければ術者が意図的に解かない限りは効果が持続するという利点と、一度掛けるだけでも魔力の消費が激しいという欠点を併《あわ》せ持つ。

レーヴェは燃費の悪さを生来の魔力量でカバーし、〝二重強化《ダブルエンチャント》を何度も掛《か》け直して意表を突く〟という魔力効率を完全に度外視した闘い方《スタイル》を確立した。

くるくると宙を舞う巨大化短剣《ヒュージダガー》を制御《せいぎょ》し、一直線に引き戻《もど》す。と同時にその刀身に飛び乗り、勢いそのままに遊泳《ダガーサーフィン》する短剣を顕現。

狙う先は、急いで魔術を詠唱しようとしている女。

遅れてその狙いに気付いた男を振り切り、巨大化短剣《ヒュージダガー》の切っ先と共に突貫《とっかん》。咄嗟《とっさ》に弓でそれを防がれたが、速度を緩めず近くの木に女を叩きつける。

「ぎっ……ぃ」

鈍い悲鳴の後、女は木の幹に沿ってずり落ちていく。体から垂れ流す魔力も微弱《びじゃく》なものとなる。気絶した証拠《しょうこ》だ。

巨大化短剣《ヒュージダガー》から飛び降りて術式を解除、改めて男の方と対峙《たいじ》する。

(次っ……彼《かれ》はさっきから魔術を使っていない。接近戦主体か)

恐《おそ》らく、魔力や魔術は身体能力を強化する程度の最低限に留《とど》めているのだ。魔術の適性には個人差があるので、当然魔術が苦手な闘士だって沢山《たくさん》いる。

懐《ふところ》に入り込まれたら、魔術を詠唱する隙《すき》すら与《あた》えられずに蹂躙《じゅうりん》されかねない。

「……はぁあっ！」

レーヴェは巨大化短剣《ヒュージダガー》を構えて走り出す。得物を振り上げ、裂帛《れっぱく》の気合を込めて一気に振り落とす。

「はっ、単調なんだよガキが！」

男は僅《わず》かに身を引くだけで難なくそれをかわしてみせた。空《くう》を切った刃が地面に突き刺《さ》さり、衝撃《しょうげき》で砂礫《されき》が宙に舞う。

「巨大化《ヒュージ》をその身に《オン》！」

指輪を輝《かがや》かせた右手を振り上げる。〝灰色〟特有の鈍色《にびいろ》の光が、舞い上がった砂礫の間を走り抜けて行く。

〝巨大化《ヒュージ》〟は術者の力量に沿った比率に基づき、巨大化させる対象の形状を考慮《こうりよ》、調整しつつ魔力の光によって大きさを拡張する術式だ。

調子によって多少左右されるが、レーヴェが扱った際の比率は平均して約7倍。

つまり。

「なぁ……っ！」

大小様々な砂礫は7倍の体積を持つ鈍色の岩と化し、振り上げた右手の衝撃で横方向のベクトルを与えられた事で横殴《よこなぐ》りの岩雪崩《なだれ》へと変貌《へんぼう》した。

「ぐっおぁ……！」

魔力の光が大きさ以外に強化するのは硬《かた》さ、切れ味といった〝威力〟であり、〝質量〟はほとんど変化しない。なので元が砂礫でしかない岩雪崩も見た目ほどの破壊力《はかいりょく》はないが、それを目晦《めくら》ましに一気に男の懐へと飛び込む。

そして防御《ぼうぎょ》の間隙《かんげき》に肘《ひじ》打ち。よろめく男に巨大化短剣《ヒュージダガー》で追い打ちを叩き込んだ。

「……加減はしましたので、お許しを」

肉体派なのですぐに気絶こそしなかったものの、男はやがて力なく倒れ込んだ。少々血が出ているようだが……まぁ多分大丈夫だろう。

彼らは純闘士の任務で動いただけ。ミィカを護る為とはいえ、殺すのは忍《しの》びない。

「……あなた、大丈夫？」

と、ミィカが恐る恐るといった調子で声を掛けてくる。本格的な戦闘を目にした事が無かったのか、今の攻防で壊《こわ》された内庭をゆっくりと見回していた。

「うん、平気だよ。さぁ、これで少しは時間が稼《かせ》げたはず。今のうちに」

「残念だが」

横合いから挟《はさ》まれる声。

「簡単には逃がさない、と言ったはずだ」

最も手練《てだ》れと思われるあの純闘士《グラディエーター》が、ゆっくりと歩み寄る。その右手は革ジャンの襟《えり》を掴み、ずるずるとソフィーネの体を引きずっていた。

「ソフィー！」

「気絶させただけだ。お前と同じ、無駄《むだ》な殺生《せっしょう》は望まない」

投げ捨てるように彼女の体を転がす。……確かに、死んではいないようだ。胸を撫《な》で下ろし、細く息を吐く。

「とても回復魔術師《リバイバル》とは思えないな。生き残る事を最優先に考えるべき立場でありながら、言動、行動共に好戦的すぎる。なかなかの暴れ馬だ」

「……彼女曰《かのじょいわ》く、暴れ猫《ねこ》、だそうですよ」

「はは、なるほど。この奔放《ほんぽう》な性格を考えれば言い得て妙《みょう》だ」

(どうする……くそっ、どうする?)

もう時間がない。専任教師《インストラクター》、それにあの人まで来れば確実に逃げ切れなくなる。

出し惜《お》しみは無しだ。最初から全力で倒――

「っ……!?」

刹那《せつな》、首筋に強い衝撃。その場に倒れ、土と草の臭《にお》いが鼻を衝《つ》く。

ぐわんぐわんと脳みそが揺《ゆ》れ、吐き気《け》と不快感がこみあげる。

(そん、な……!)

どんな魔術《まじゅつ》を発動されても対応できるよう、神経を張り詰《つ》めていたのに。と、頭上から純闘士《グラディエーター》の声。

「これでも〝瞬閃《しゅんせん》〟の名を賜《たまわ》っていてな。見習い闘士《ファイター》に後《おく》れを取りはしない」

(〝瞬閃《しゅんせん》〟……っ)

聞いた事がある。新進気鋭《しんしんきえい》の純闘士《グラディエーター》が転移魔術《ワープ》を戦闘に応用する独自の術式を開発し、〝瞬閃《しゅんせん》〟という二つ名まで与えられた、と。

転移元と転移先の座標算出、魔力による制御。それらを刻一刻と情勢が変化する戦闘中において寸分の狂いなく実行出来る実力者、という事か。

（……だとしても、だ）

ミィカを諦める理由にはならない。同じ〝灰色〟を見捨てる理由にはならない。

魔力を練ろうとしたレーヴェだったが、うまくいかない。魔力は精神を源にして生み出すモノ。意識が朦朧《もうろう》としている今、その精神が安定しないのだ。

「無理をするな。もう諦めろ」

「……諦めたり、しない。ここで諦めたら、ミィカはっ……！」

「お前の選んだ手は悪手だ。〝灰色〟の立場を悪くしているにすぎない」

〝瞬閃《しゅんせん》〟はレーヴェを組《く》み伏せたまま、諭《さと》すように言う。

「同じ〝灰色〟として、お前が彼女に情を抱くのは致《いた》し方ない事だろう。私も純闘士《グラディエーター》の端《はし》くれ、〝灰色〟がどのような扱いを受けているのかはよく知っている」

もう争う気はないと。こんな争いなど無意味だとばかりに。

「だが〝灰色〟である以前に、彼女は魔女だ。ここから逃《に》がしたところで、行くあてなどあるのか？　ないだろう」

「…………」

「彼女の為を思うならば逃げるな、立ち向かえ。及《およ》ばずながら、私も口添《くちぞ》えをしよう。ヴアルミラ様はともかく、ゼレス様ならばきっと耳を傾《かたむ》けて下さる」

彼の紡ぐ言葉がどうしようもなく脳に沁《し》み入る。レーヴェは歯を食い縛《しば》った。

悪意は感じられない。むしろ、〝灰色〟の特異性を理解しつつも、言葉を選んで窘《たしな》めようとしてくれているのが分かる。

彼なりに、〝灰色〟の存在や魔女の処刑《しょけい》について思うところがあるのかもしれない。その気遣《きづか》いは純粋《じゅんすい》にありがたく思えた。

（…………くせに）

それなのに。

頭では分かっているはずなのに。

全てが、気に入らない。理屈《りくつ》じゃなく、心の内から湧《わ》き上がってくるどす黒い感情が、

（……知らない、くせに）

冷静な思考を穢《けが》していく。

ぐぐ、と軋む体に力を込めて上体を起こしていく。〝瞬閃《しゅんせん》〟が警戒を強めたのが気配で分かった。

「よせ、お前に何が出来る。今お前がすべき事は」

「うる、さい。何一つ、知らないくせに……っ」

虐《しいた》げられてきた歴史を学んだだけで、〝灰色〟を理解《し》ったたなんてほざくな。

闘《たたか》いたくない、死にたくないと命乞《いのちご》いをする魔獣《まじゅう》。

それでも手を下し、勝ち誇《ほこ》らなければならない見習い闘士《ファイター》。

深紅の瞳《ひとみ》から流れ落ちる血とも涙《なみだ》ともとれない雫《しずく》。

聞き取れてしまう。ただそれだけの事がどれだけ苦痛かを、本当に理解《し》っているのか？

（今度こそ、助けるんだ……僕の手で、必ず！）

押《お》し寄せる記憶《きおく》の波が、溢《あふ》れ出す激情の渦《うず》が、レーヴェの体を突《つ》き動かす。自分の体じゃないような、そんな浮遊感と高揚感が全身を支配する。

「お前がっ、〝灰色〟をっ……語るなぁぁぁ！」

ぶわっ！　と全身から放出された魔力が〝瞬閃《しゅんせん》〟を弾《はじ》き飛ばす。レーヴェはゆらりと立ち上がった。

（何、だ……この、魔力……）

指輪を見やる。いつもの鈍色《にびいろ》……ではない。

全てを吸《す》い込み、喰《く》らい尽《つ》くしそうな、黒。

無尽蔵《むじんぞう》に魔力が湧き出てくる。全身を血流のように巡《めぐ》り、満たし、迸《ほとばし》る。今ならどんな術式だって紡《つむ》ぐ事が出来る、そんな全能感。

これなら、護れる……！　ミィカを見やると、彼女は安堵《あんど》の表情を曇《くも》らせ、びくりと肩《かた》を震《ふる》わせた。

「あ、あなた……目から……」

目……？　目元を拭《ぬぐ》うと、妙な感触《かんしょく》があった。どろりとした赤い液体が指先に纏《まと》わりつき、てらてらと鈍く光っている。

血だ。厳しい闘士生活の中ですら流した事のない色の涙が頬《ほお》を伝う。

何かが、起きている。レーヴェはそれを頭の中でしっかりと認識《にんしき》した上で、

(まぁいいか)

全て放棄《ほうき》した。

ミィカさえ護れるのなら、それでいい。それだけでいい。

ゆっくりと歩いて位置を調節しつつ、ぎん！　と〝瞬閃《しゅんせん》〟を睨《にら》みつける。彼もまた指輪に光を纏わせながら、表情を険しくする。

「……メルヴェイア。今のお前は常軌《じょうき》を逸《いっ》している」

「ええ、そうみたいですね」

今為《な》すべき事が、頭の中にクリアに描《えが》かれていく。

ミイカを護る。邪魔者《じゃまもの》は全て、殺す！

「巨大化《ヒュージ》をその身に《オン》。2つの御印《みしるし》、集い混じりて巨《おお》いなる恵みを。巨大化《ヒュージ》をその身に《オン》」

巨大化《ヒュージ》×巨大化《ダブル》、切り裂く巨人《ギガンテスリッパー》。強靭《きょうじん》な魔獣の体すら軽々と両断する、純粋な破壊力だけで言えばレーヴェの扱える最強の術式。

最強の術式、だった。

「三つ巴《みどもえ》の刻印、刹那の内に相喰《あいは》みて巨《おお》いなる怒りを。巨大化《ヒュージ》をその身に《オン》」

もはやそれは人間の得物には到底《とうてい》見えない程《ほど》の大きさへと変貌し、まさに巨人の振《ふ》るう武器の如く天を衝く。

巨大化《ヒュージ》×巨大化《トリ》×巨大化《エラ》。〝瞬閃《しゅんせん》〟の表情が初めて、驚愕《きょうがく》の色に染まった。

「……あり得ない。三重強化《トリエラエンチャント》だと……っ！」

「ええ、僕もそう思います」

自分の魔力に最適化させた三重強化《トリエラエンチャント》の詠唱は完成させていたが、それを制御できるのがまだまだ先になる事は分かっていた。

一重強化《シングルエンチャント》から二重強化《ダブルエンチャント》にステップアップするだけで10年近く掛かった。それでも異例の速さだと言われてきたのに、もう三重強化《トリエラエンチャント》に辿《たど》り着けるわけがない。

けれど、今の自分なら出来る、という確信めいた予感があった。だからそれを信じて術式を紡《つむ》いだら、予定調和の如く成功した。

驚きはない。全ては、ミィカの為に。

「先程《さきほど》のように転移魔術で避けて反撃《はんげき》に転じますか？　ええ、どうぞご自由に」

巨大《きょだい》な刃を高々と掲《かか》げ、振り下ろす構え。レーヴェは無感情に呟《つぶや》く。

「ですが、お仲間は無事では済みませんよ」

「……っ！　メルヴェイア、お前は……！」

〝瞬閃《しゅんせん》〟の顔に怒りの色が宿る。

いくら巨大な得物であっても、単調な振り下ろしを転移魔術で避けるのは容易い。が、背後で気絶している2人の純闘士《グラディエーター》は、為すすべなく絶命するだろう。

この状況《じょうきょう》を作り出すべく位置を調整したのだ。卑怯《ひきょう》？　非情？　どうでもいい。

全ては、ミィカの為に。

「行きます」

彼はきっと避けない。魔力を集中させて防御を固めつつ受け止めるはず。

この一撃《いちげき》だけで殺せるほど甘くは無いだろうが、確実に隙を見せる。その隙を逃さず、攻《せ》め切る！

レーヴェは裂帛の気合を込め、それを振り下ろす……が。

「ちょぉっとおいたがすぎるぞ？　レーヴェ」

「……!?」

ぞぐり、と背中を妖《あや》しく這《は》う悪寒。この声、聞き間違《まちが》えようがない。

金色の髪《かみ》と黒のドレスを翻したマリアベルが、一瞬《いっしゅん》の内にそこにいた。

「後は私がやるわ」

「はっ……」

純闘士《グラディエーター》を下がらせ、マリアベルが静かにこちらを見やる。

鈍色《にびいろ》の巨剣《きょけん》は、彼女《かのじょ》が持つ優美な刺突剣《レイピア》に受け止められていた。三重の〝巨大化《ヒュージ》〟によって跳《は》ね上がったはずの血濡《ブラッディ》れの破壊力を、易々《やすやす》と。

絶対に追いつかれてはいけない人に、追いつかれてしまった。だけど……っ！

「っ、たとえ大恩あるあなたでも、立ち塞《ふさ》がる者は殺」

「誰《だれ》が」

ふっ、と腕《うで》から抵抗《ていこう》感が消える。刺突剣《レイピア》が、その数十倍は巨大な拵《こしら》えの三重巨大化短剣《トリエラヒュージダガー》を切り裂いたのだ。

「誰を」

目にも留《と》まらぬ速さで光の刀身を輪切りにしながら、マリアベルがあっという間に接近してくる。あまりの速さに、思考すら追いつかない。

「殺すって？」

懐まで潜《もぐ》り込んだ彼女は、光の刀身にそうしたようにレーヴェの両腕《りょううで》をも二の腕から切り落とす。

衝撃と痛みは、レーヴェが彼女の所業全てを認識した直後に襲《おそ》い来た。

「うっあああああぁぁぁぁぁぁ!!?」

激痛に全身の力が抜《ぬ》け、崩《くず》れ落ちてしまう。それを見計らったかのように、マリアベルは手刀でレーヴェの首筋を一撃。世界が揺れた。

「ていうか、そんなの振り下ろしたら建物がぶっ壊れちゃうでしょぉ？　修理費用を出すのは〝C《シー》〟なんだから勘弁《かんべん》して欲《ほ》しいわぁ」

まるでいつもの軽口を叩くように。いや、彼女にとってはレーヴェを制圧する事が既《すで》に散歩のようなものだったのだ。

意識が朦朧として、今度こそ魔力を紡げなくなる。体がゆっくりと傾《かし》いでいく中、青い顔をしているミイカが見えた。

（くそっ……ごめん。僕《ぼく》の力が足りないせいで……っ！）

やっぱり、無謀《むぼう》だったのだろうか。意味が無かったのだろうか。

たかが見習い闘士《ファイター》の分際で、ライズベリーに……いや、魔女や〝灰色〟を疎《うと》んじる〝国〟そのものに刃向《はむ》かおうとした事は。

分からない。けれど、闘士は結局〝力〟が全て。

(僕は、負けた……負けたんだ)

「ごめんね、レーヴェ。……少し、眠《ねむ》りなさい」

薄《うす》れゆく意識の中、マリアベルのか細い声が儚《はかな》く消えていった——

◆◆◆◆

「————う……ぁ」

ゆっくりと、目を開く。真っ白な天井《てんじょう》、魔術による淡《あわ》い光、薬品の臭い。ある意味で慣れ親しんだ状況に、そこが共用棟《とう》の2階に陣取《じんど》っている医務室の内の1つだとすぐに悟《さと》った。

「にゃは、お目覚めかにゃ〜?」

と、レーヴェの顔を覗《のぞ》き込むソフィーネの顔。これもいつもと同じだ。

レーヴェはゆっくりと体を起こす。窓の外はすっかり黒く染まりきっていた。あれからかなりの時間が経ってしまっている。

「……教えて。僕は理事長に負けた。その後は？」

逸《はや》る気持ちを抑《おさ》えつけて問う。そんなレーヴェを焦《じ》らすように、ソフィーネはベッドの近くをゆっくりと歩き始めた。

「んじゃま、順を追って。あたし、あんたの両腕くっつけろ、って言われたのよね」

ちゃんと動く？　と悪戯《いたずら》っぽく言われ、調子を確かめる。うん、少し痛いけど問題無い。

そもそも、腕がもげたのはこれが初めてじゃないし。

指輪にも光を纏わせてみる。いつもと同じ、鈍色《にびいろ》だった。

「こちとら気絶《オト》させ《さ》られて目覚めたばっかだってのに、ブラックな職場ですにゃ～。てか、昔からあんたの怪我《けが》ばっか診《み》てる気がする。あたしは主治医かっての」

「……早く続きを」

「睨むな睨むな。ひとまず今回の魔女っ子ちゃん騒動《そうどう》は、前例の無い試験内容に動転しちゃった結果、って事で片が付きそう。あたしの昇格《しょうかく》も取り消されないっぽい」

「そんな甘い処分……？」動転の一言で片づけられるなんて……ていうか、僕はそれで説明がつくかもしれないけど、君は明らかにノリノリだったでしょ」

「だから罰《ばつ》ゲームで治療《ちりょう》させられたんだっつの。それでチャラにしてやる、って」

「罰ゲームでチャラって……軽いよ、色々」

「あたしが周りに喧嘩《けんか》を売るのなんていつもの事だし？」

悪びれもせずに笑うソフィーネ。自覚した上でやる、という一番性質《タチ》の悪いタイプだ。

理事長も半分諦《あきら》めの境地で治療をさせたのじゃないだろうか。

けど、本当に聞きたい事は、そんな事じゃない。ソフィーネもわざとそこに触《ふ》れないようにしている気がする。意を決して、訊《き》く。

「……ミィカ、は？」

「理事長があんたのついでに気絶させて、さっき起きた。んですぐに連れてかれた」

生きている。それが分かっただけで、特大の安堵の溜息《ためいき》がこぼれた。

「連れてかれたって、誰に？」

「あの純闘士達《グラディエーターたち》。ゼレスせんせーの指示っぽい」

「なるほど。で、どこに……？」

「それ、口止めされてるからヒントだけ。〝C《シー》〟で一番ヤバい魔獣のいるとこ」

両手を持ち上げて爪《つめ》をこちらに向け、がお〜、と威嚇《いかく》のポーズ。

（理事長室、ね。ヒントというかほぼ答えだけど、まぁいいや。急がないと……！）

「レーヴェく〜ん？　病《や》み上がりの癖《くせ》にど〜こ行くのかにゃ〜？」

立ち上がったレーヴェの肩に手を置き、しなだれかかるように顔を寄せてくるソフィーネ。構わずに血濡れ《ブラッディ》を手に取り、指輪の調子を確かめる。

「ありがとうございます先生、もうすっかり完治しました。さすがは主治医ですね」

「ほざけ。で、どこに？」

「ちょっと挨拶《あいさつ》に、ね」

天井を見上げ、決意の眼差《まなざ》しを向ける。共用棟４階、理事長室の方へ。

「ふぅん。つーか、あんたがこ～んな目の色変えるってつまりアレ？　一目惚《ひとめぼ》れ」

「言うと思った。まぁご想像にお任せするよ」

「にゃは、否定しないとか珍《めずら》しいにゃあ。てかそもそも何の挨拶？」

どこか楽しそうに問うソフィーネ。多分これも、何となく答えが分かってるんだと思う。

レーヴェは肩の手を振り払《はら》って歩き出す。と、彼女が喜びそうな答えがふっと頭に浮《う》かんで、好戦的な笑みが漏《も》れた。

「……宣戦布告、かな」

結局、〝瞬閃《しゅんせん》〟の彼の言う通りだったのだろう。

逃げたって、何も解決しやしない。魔女であり〝灰色〟でもある彼女は、逃げたところでいつかは炙《あぶ》り出されてしまう。

彼女に会えた喜びと、彼女が死ぬ未来を想像しての焦り。自身の本心に従って行動を起こした事に変わりはないけど、全く〝先〟を見据《みす》える事が出来ていなかった。

(逃げずに、立ち向かえ……けど、力ずくでミィカを解放するのは現実的に不可能、話し合いしかない。問題はどうやって)

「止まりな」

4階に辿り着いたレーヴェを、刺々《とげとげ》しい言葉が出迎《でむか》える。レーヴェが撃退《げきたい》した曲刀《サーベル》の純闘士《グラディエーター》だ。

その後ろには弓の女、そして〝瞬閃《しゅんせん》〟。理事長室に繋がる廊下《ろうか》を塞ぐように構えている。

こんな配置をしているという事は、こちらの思考はお見通しのようだ。

「……先程は、闘士として先輩である皆様《みなさま》に対して失礼しました」

深く腰《こし》を折る。いきなりの謝罪に彼らが少々面食らっているのが分かった。

「そして……もう一度だけ、我《が》を通させていただきます。どいて下さい」

「却下《きゃっか》だ、戻れ。あんだけ暴れてまだ何を」

「い～～～やっほぉぉ!!」

がしゃぁぁん！　と窓ガラスを蹴破《けやぶ》って外から突っ込んできたソフィーネが曲刀《サーベル》の男を

蹴飛《けと》ばし、〝七光《ななひかり》〟の光弾《こうだん》が弓の女を吹《ふ》き飛ばす。

同時、レーヴェは割れたガラスを踏《ふ》みしめて走り出した。

「っ、行かせ」

「るんだよ！」

狭《せま》い廊下で、〝七光《ななひかり》〟を所構わず乱射するソフィーネ。

魔術式を込めた弾《たま》ではなく、純粋な魔力《まりょく》の塊《かたまり》。それ故に100に迫《せま》ろうかという数の連射を可能にし、壁《かべ》に命中しても炸裂《さくれつ》する事なく反射し続ける。

敵も味方も、術者本人《ソフィーネ》すらも見境なく襲い掛かる暴力。動き出した〝瞬閃《しゅんせん》〟を見やり、ソフィーネは本当に愉《たの》しそうに笑う。

「この数の弾避《たまよ》けながら？　転移の座標計算しながら？　転移先の安全確認《かくにん》しながら？　にゃははっ、転移してみればぁ？」

「くっ、ノワール……！」

流石《さすが》はソフィーネ。屋内に限定された闘い方とはいえ、転移魔術の対抗策《たいこうさく》もきっちり考えていたようだ。

また片棒を担《かつ》がせるのは少し心苦しいものがあったが、協力を頼《たの》んで正解だった。

「んじゃまぁ、第2ラウンドと洒落込《しゃれこ》もうぜぃ、せんぱぁぁぁい！」

……頼まなくてもついて来たかも。負けたのがよっぽど悔《くや》しかったと見える。〝瞬閃《しゅんせん》〟に襲い掛かるソフィーネを横目に一気に駆《か》け抜け、レーヴェは勢いのままに理事長室の扉《とびら》を蹴《け》り開ける。

「なっ、何……メルヴェイア⁉　貴様ぁ！」

一番に反応したのは、部屋の中央で仁王《におう》立ちをしていたヴァルミラだった。

だけど、こんな小者に用はない。ヴァルミラを押しのけ、滑《すべ》るように素早《すばや》く前へ。

「巨大化《ヒュージ》をその身に《オン》」

そして、マリアベルの首筋に巨大化短剣《ヒュージダガー》の切っ先を向ける。あと少しで首を刎《は》ねられる距離《きょり》。けれど彼女は微動《びどう》だにしない。

「き、貴様！　何をやって」

「見ての通りです、離《はな》れてください。それとも……あなたが代わりますか？」

軽く凄《すご》んでみせると、ヴァルミラは慌《あわ》てて距離を取った。小心者め。

と同時にゼレス、そしてミィカの姿が目に入る。レーヴェは目を細めた。

「ゼレス先生。ミィカに、何をしたのですか」

彼女はゼレスの腕の中でぐったりしていた。恐らく、気絶している。ゼレスは頭を振りながら穏《おだ》やかな声で答えた。

「なに、ここに連れてきたはいいがヴァルミラ様の言葉に怯《おび》えて暴れかけたのでね、少し眠ってもらっただけさ。怪我は1つもないよ」

「……信じます」

生きているのなら、何も言うまい。ただでさえ綱渡《つなわた》りなのだ。

レーヴェは改めて理事長を見た。彼女はふっと笑ってみせる。

「あらあら。私、殺されちゃうのかしら？」

「御冗談《ごじょうだん》を。殺されかけているのは僕の方でしょう」

そう、状況はまるで好転していない。〝C《シー》〟最強のマリアベルにとって、この程度の状況など苦境《ピンチ》にはなり得ない。

これは『命を懸《か》けてでも対話に臨《のぞ》みたい』という覚悟《かくご》を分かり易《やす》く示しただけ。普通《ふつう》に対話を持ち掛けても、特にヴァルミラは聞く耳など持たなかっただろうし。

「ソフィーネは？　病人を看《み》てろ、と指示したはずだけど」

「彼女は主治医として同伴《どうはん》してもらっています。ほら、外で〝談笑《だんしょう》〟しているのが聞こえるでしょう？」

「……はぁ、相変わらず回復魔術師《リバイバル》の癖に頭ん中戦闘狂《バトルジャンキー》なんだから。さっきのガラスの音もソフィーネ？　私闘《しとう》でガラスを割りやがったの、これで何十回目よもう」

と、彼女の纏う空気が小波《さざなみ》のように穏やかなものに。

「まぁそれは置いといて。要件を聞こうかしら？」

理事長モードだ……が、いつもと少し違《ちが》う。いつ氷のような刺々しさが牙《きば》を剥《む》いてもおかしくない。巨大化短剣《ヒュージダガー》を下ろすレーヴェの背中に冷《ひ》や汗がどっと浮かぶ。

「……魔女、ミィカ・ユリリィを僕に預けていただきたく、お話に参りました」

言葉を濁《にご》しても時間の無駄だ。毅然《きぜん》として言い放つレーヴェに、

「何をバカな事を！」

ヴァルミラが噛みついた。まぁ、予想通りだ。

「魔女は禁忌《きんき》！　一介《いっかい》の見習い闘士《ファイター》風情《ふぜい》に預けるなど」

「ヴァルミラ様、ここは私にお任せを。……君の主張を聞こうか、メルヴェイア君」

尚《なお》も激昂《げきこう》するヴァルミラを抑え、ゼレスが問う。

「彼女を、監視《かんし》します。監視し続けます。これから先、ずっと」

ミィカが魔女《まじょ》として処刑されないように。そして、レーヴェと同じくらいの自由が許されるように。

「ここ、アイレムはライズベリー家の支配領域です。僕がこの〝C《シー》〟でミィカを監視し続ける限り、〝灰色〟2人は常にライズベリーの監視下にある事になります」

ずっと、思案し続けていた。目覚めてから、ここに来るまで。現状の整理と目下の問題、その中で自分に何が出来るかを。

「彼女を監視し、何か問題があるようであれば、逐一《ちくいち》報告します。一切《いっさい》の虚偽《きょぎ》を交えない事をお約束しますし、破った場合には僕を殺していただいて構いません」

分かってる。これが突拍子《とっぴょうし》もない提案だって事は。

けれど、勝算もある。カギを握るのは、ヴァルミラが口走った〝オーロラグレイ〟。

その言葉の意味はやはり判然としないが、レーヴェ、ミイカの2人が〝灰色〟として何らかの利用価値を見出《みいだ》されているのはほぼ確実だ。あれだけの事をしても生かされている現状がそれを証明している。

もう一度殺し合え、が彼らの本音なのかもしれないが、〝灰色〟がその意に沿わなくなった事も今日の一件で悟ったはず。

そこで『当面の間は〝C《シー》〟で飼い殺しにしよう』と思わせる事が出来れば……、

（……はは、穴だらけだね。理想論でしかない）

だとしても、逃げるわけにはいかないのだ。

過剰《かじょう》に牙を剥けば立場を悪くし、かといって座して待つだけでは良いように扱《あつか》われる。どれだけ不格好でもその場その場で駆け引きしていくしかない。

全ては、ミィカの為《ため》に。〝灰色〟の仲間を、この手で救い出す為に。

「なるほどね。君の主張は理解した」

ミィカを抱《だ》きかかえたゼレスがこちらに歩み寄りながら眉《まゆ》を上げる。寝息《ねいき》を立てるミィカの顔を見て、護《まも》りたい、という想《おも》いが更《さら》に強まっていく。

「……え？」

と、ゼレスがミィカを抱《かか》えた腕をレーヴェの方に差し出した。

「どうしたんだい。魔女を預けろ、が君の要求だろう？　受け取りなさい」

「あ、は、はい」

ゆっくりとミィカの体の下に腕を差し入れ、静かに持ち上げる。とても軽い。

着物越《ご》しに体温を感じながら、幼子を護る母親のように優《やさ》しく腕に力を込めた。

「お、おいゼレス！」

「ヴァルミラ様。ここはひとまず提案を呑《の》むのが得策だと愚考《ぐこう》します。これは国王直属《インペリアル》としての判断でもあります」

「……っ、わ、分かった」

静かに説《と》き伏《ふ》せるゼレス。いきり立っていたヴァルミラは鼻白《はなじろ》み、不承不承ながらに口を閉じた。

形式上、今ゼレスはヴァルミラの部下なのだろうが、国王直属《インペリアル》……国王の代理としての権力を完全に放棄しているわけではないらしい。

「御無礼《ごぶれい》、お許しを！　ゼレス様、ご無事でっ、……！」

と、〝瞬閃《しゅんせん》〟が理事長室に飛び込《こ》んでくる。ミィカを抱えるレーヴェの姿に動きを止める中、ゼレスが微笑《ほほえ》んだ。

「大丈夫《だいじょうぶ》だ、こちらの話もちょうど今終わったよ。魔女はメルヴェイア君預かりで〝C《シー》〟に置いていく。ノワール君については先程話した通りだ」

「……承知、しました」

様々な疑問を呑み込むように、〝瞬閃《しゅんせん》〟は一礼した。次いでゼレスがレーヴェを見やる。

「さて、まだ理事長と話す事があってね。そろそろ退席してくれるかな？」

「…………」

レーヴェは少しだけ、困惑《こんわく》していた。自分で提案した事ながら、ここまで順調に事が運ぶのは想定していなかった。

それだけ〝灰色〟には価値があるという事か？　ならばもう少し駆け引きをしても……、

（……いや、いいんだ。たとえこれが一時《いっとき》の平穏《へいおん》だったとしても）

多くを望みすぎるな。全てを一気に解決しようとするな。１つずつ、目の前の問題を片付けていく事が最良の近道なのだから。

レーヴェは一歩退き、恭《うやうや》しくお辞儀《じぎ》をする。

「みなさま、お時間をいただきありがとうございました」

「今回みたいな事はこれっきりにして頂戴《ちょうだい》。問題児はソフィーネだけで十分よ」

「善処します、理事長」

もしもまた〝灰色〟が脅《おびや》かされた時はその限りじゃないけれど。レーヴェは改めて腰を折りつつ、踵を返す。

「おい、待て〝灰色〟」

(まだ、何かあるのか)

ああうんざりだ。が、無視するわけにもいかない。レーヴェは振り返ってヴァルミラに瞳を据《す》えた。

「〝灰色〟が異端《いたん》である事実にも、レムディプスと四大貴族によって生かされている事実にも変わりはない。精々、分相応の暮らしを心掛《こころが》ける事だな」

「……ええ、肝《きも》に銘《めい》じます」

逆る怒《いか》りを拳《こぶし》で握《にぎ》りしめ、レーヴェは努めて慇懃《いんぎん》に返した。

こんなヤツの言動に、いちいち心を動かされたりはしない。〝灰色〟はまだ仮初《かりそめ》の自由を手に入れただけ。感情に任せて言葉を返すのは愚《ぐ》の骨頂。

だけど、いつか〝灰色〟として胸を張って歩く事が出来たその時は……！

「それでは失礼します、ヴァルミラ・ヴィルヘルム・ライズベリー様」

いや、こんな小者なんかじゃ意味がない。もっと〝上〟、レムディプスを牛耳《ぎゅうじ》る程の権力を持つ相手でなければ。

（首を洗って、待っていろ……！）

決意を胸に、レーヴェは〝瞬閃《しゅんせん》〟と共に部屋を出た。

それが〝灰色〟の思《おも》い描く、希望の未来へ繋《つな》がる一歩だと信じて。

◆◆◆◆

「ふん……鬱陶《うっとう》しいガキだ」

扉が閉まるや否《いな》や、ヴァルミラが舌打ちをこぼした。

「おい理事長、教育はちゃんとしろ。忌々《いまいま》しい事だが、〝灰色〟は我々の〝計画〟の要。飼われている、という自覚がヤツには足りていないぞ」

「お言葉ですが、〝灰色〟は計画について何も知りません。必要以上に抑えつけるわけにはいかないのです」

「そんな事は知るか。そもそもこの〝C《シー》〟の闘士はみな、我《わ》がライズベリーの庇護《ひご》下にあるからこそ生きていられるのだ。主従の掟《おきて》を叩《たた》き込むくらい」

「ヴァルミラ様。よろしいでしょうか」

憤懣《ふんまん》やるかたない、といった様子でまくしたてていたヴァルミラは、あぁ？　と不機嫌《ふきげん》そうにゼレスを見やった。

「まだ何か意見する気か。いや、そもそも先程の判断は何だ？　〝灰色〟の要求をむざむざ呑むとは一体どういう了見《りょうけん》だ」

「……どういう了見だ、はこちらのセリフですが？」

ゼレスが静かに放った怒気《どき》が、ヴァルミラを支配していた熱を一気に冷やした。

「今回〝灰色〟を試験の場で引き合わせたのは、お父上であるライズベリー家当主様のご意向でした。計画を早める為に……そうですね？」

「そ、そうだ。そして、恐《おそ》らくは魔女との邂逅《かいこう》をきっかけにしてメルヴェイアが〝覚醒《かくせい》〟の兆《きざ》しを見せ、その素質を示した！　成果は十分だろう」

「ええ、喜ばしい事です。が、1つ残念な事がありました」

こつ、とヴァルミラに歩み寄るゼレス。気圧《けお》されて一歩二歩と退くも、足音がゆっくりと、しかし確実に彼《かれ》に近づく。

「この〝計画〟はまだ、日の目を見てはいけない。秘匿《ひとく》せねばならない時期であり、慎重《しんちょう》に事を運ばねばなりません。なのにあなたは徒《いたずら》にライズベリーの権力を振りかざし、必要以上に周囲を威圧《いあつ》するばかり」

「む……だ、だがそれは」

「加えて、よりにもよって〝灰色〟達の前で〝黎明の灰色《オーロラグレイ》〟の名を口にした。これは流石に看過できませんね」

「ま、待て、ゼレス！」

ふーっ！　ふーっ！　と乱れた呼吸で必死の形相。

彼は本能的に悟ったのだ。今自分が、権力などではどうにも出来ない力によって追い詰められている事を。

ゼレスはその姿への哀《あわ》れみか、歩みを止めた。ヴェルミラが吠《ほ》える。

「わ、私はライズベリーの末子《まっし》！　ここで私に手を出せば、ち、父上が黙《だま》って」

「残念ですが、試験に関する報告を行った際、ライズベリー家当主様よりお言葉をいただいております。あなたは〝計画〟の一員から外す、との事です」

「なっ、父上が……？」

「ええ。故に」

ゼレスがにこやかに微笑んだその時、壮麗《そうれい》な理事長室に血飛沫《ちしぶき》が舞《ま》った。

「知りすぎた〝部外者〟は、速《すみ》やかに退場してくれ」

赤い噴水《ふんすい》と共に宙を泳いだヴァルミラの頭が、驚愕に目を見開いたままごとりと床《ゆか》を転がる。ぐらりと傾いだ体が倒《たお》れ、純白のスーツを深紅《しんく》に染め上げる。

「ふふっ、ご馳走様《ちそうさま》♪　あー、やぁっと黙らせる事が出来た、って感じ～」

振り抜いた刺突剣《レイピア》に僅《わず》かについた血を拭い、マリアベルはうっとりと微笑んだ。そうだね、とゼレスも物言わぬ骸《むくろ》を見下ろしながら頷《うなず》く。

「さて、メルヴェイア君の反逆は想定通りだったが、〝輝く闇《リベレート》〟を発現してくれるとは僥倖《ぎょう》だった。当主様も御満悦《ごまんえつ》の様子だったよ」

「ついでに能無しのボンクラ息子《むすこ》も始末出来た、と。こいつ、どうするんですか？」

「〝C《シー》〟で処分していい、とのお達しだ。この八男坊は死を公表する事で有効利用する道すらないのだろうさ。いなくなった所で誰も困らない」

「あらら？　先生ってば振り回されてきたせいかちょっと刺々しいですねぇ？」

「高貴な血を引こうと玉石は交じる、ただそれだけの話だよ」

刺突剣《レイピア》をヴァルミラの眉間《みけん》に突き刺《さ》したマリアベルが短く詠唱《えいしょう》。剣先《けんさき》から迸った炎《ほのお》であっという間に燃え上がり、灰へと朽《く》ちていく。

「〃灰色〃双方《そうほう》が生き残るのも既定《きてい》路線だったが、想定以上にメルヴェイア君がミィカ・ユリリィに共感してしまった。悪い事とは言い切れないが……」

思案顔になるゼレス。マリアベルは嫣然《えんぜん》と笑った。

「レーヴェ、絶対勘付《かんづ》いてますよね～。試験の本命がソフィーネじゃなくて〃灰色〃の方だったって事」

「あれだけ暴れておいて全て不問に、という措置《そち》は少々軽率《けいそつ》だったかな。聡《さと》い彼の事だ、〃灰色〃という存在がいかに特異で重要なのかを考えさせてしまっただろう」

「それで、上の方針はどうなんです？　今までと同じく、過保護にするんですか？」

「いや、逆だ。抑えつけるのではなく、解放する。実際、今回はそれで成果が出たわけだからね」

「ふむふむ。その結果、〃灰色〃の身に何かあったら？」

「目を瞑《つぶ》る、との事だ。荒療治《あらりょうじ》が必要な段階に入った、という事さ」

「なるほど」

窓を開けて血の臭《にお》いを換気《かんき》しようとするマリアベル。悠然《ゆうぜん》と空に浮かぶ満月を見上げながら、からからと笑った。

「それにしても、レーヴェが私にマジの殺気をぶつけてきたの、久しぶり。ちょっと昔を思い出しましたよ～」

「ん？　あぁ、〝C《シー》〟に入った当初の彼はノワール君以上の問題児だったらしいね……それはそれとして、マリアベル。返り血が付いているよ？」

「へ？　あ、ホントだ。最近、運動不足なんですよね～。こんな汚《きたな》い血を浴びちゃうなんて、なまってるなぁ」

口元についた返り血を舐《な》め取るマリアベル。言葉とは裏腹に浮かべた恍惚《こうこつ》の表情は、うっとりと狂気《きょうき》に満ちていて。ゼレスは思わず苦笑《くしょう》する。

「ノワール君の事を戦闘狂《バトルジャンキー》だと言っていたが、君もいい勝負だよ」

「ひど～い！　私の方がマシです～」

未《いま》だ返り血で殺伐《さつばつ》とした室内に響《ひび》き渡《わた》る素《す》っ頓狂《とんきょう》な声。

宵《よい》が、静かに更《ふ》けていく。

◆◆◆◆

理事長室を後にして、ミイカを抱えたまま〝瞬閃《しゅんせん》〟と共に無言で歩く。

もう争う理由が無いとはいえ、立て続けに2回も刃《やいば》を交えたのだ。しかも喧嘩を売った経緯《けいい》からして、非は全面的にこちらにある。

『お前がっ、〝灰色〟をっ……語るなぁぁあ！』

あの黒い光のせいかは分からないが、〝瞬閃《しゅんせん》〟の彼が言ったようにあの時の自分は普通じゃなかった……のだとしても、気まずいものは気まずい。

と、やがて生々しい闘《たたか》いの痕《あと》、そして純闘士《グラディエーター》2人に床に押《お》さえ付けられているソフィーネが見えた。

「ありゃ、お姫様《ひめさま》救出成功？」

拘束《こうそく》されている事などどこ吹く風で呑気《のんき》に言う。レーヴェは笑った。

「うん、ありがとう。ていうかソフィー、また負けたんだ？」

「うっせ。一対一《サシ》なら勝ってた」

「ほざけ後輩《こうはい》。誰が回復魔術師《リバイバル》に負けるか」

「いやぁ、わりとマジで負けてたんじゃないかな。格闘《かくとう》術に関しては明らかにノワールちゃんの方が上っぽかったし」

「ぐっ……最近の見習い闘士《ファイター》のレベルはどうなってやがんだ……！」

曲刀《サーベル》と弓の純闘士《グラディエーター》の声には、もうこちらへの敵意のようなものが感じられない。

と、〝瞬閃《しゅんせん》〟がこちらを見ずに言う。

「お前の行動は迂闊《うかつ》だった。それだけは断言できる」

「……はい」

「だが、お前は目の前の〝人間〟を救おうと尽力《じんりょく》しただけでもある。誇《ほこ》るべきだ」

人間、か。この人は、魔女《ミィカ》を人間として扱ってくれるのか。

「道徳よりも任務を優先した私にこんな事を言う資格はないが……生き延びたんだ。死ぬなよ」

彼女にもそう伝えてくれ、と眠るミィカを一瞥《いちべつ》した〝瞬閃《しゅんせん》〟は一歩前に踏み出す。その背中に、レーヴェは小さく頭を下げた。

「さて……お前達。いくら有望株とはいえ、2人掛《が》かりでメルヴェイア1人に圧倒《あっとう》された事実は見すごせないな。鍛《きた》え直してやる、練武室に行くぞ」

「うぇっ⁉　い、今からっすかライさん……？　もう夜っつーか、もうすぐ夜中……」

「そ、そうですよ！　それに、ウチらは今〝C《シー》〟の所属じゃないんだから勝手に練武室を使うのはマズイような……？」

「安心しろ、許可は取っている」

それを聞いた純闘士《グラディエーター》2人の表情は、筆舌《ひつぜつ》に尽《つ》くしがたいものがあった。上下関係からして2人は純闘士《グラディエーター》となってからまだ日が浅いのだろうか。

と、ようやく解放されたソフィーネが革ジャンの埃《ほこり》を払いながら立ち上がる中、腕を組んだ〝瞬閃《しゅんせん》〟が彼女を見据える。

「ノワール。お前もだ、来い」

「んにゃ？　何であたし？」

「お前は将来的に、私達と共にゼレス様の部下として動く事が決まったからな」

初耳っすよ！　何それ聞いてないんだけど！　と純闘士《グラディエーター》が驚《おどろ》きの声を上げる。そうなのか、と一瞬納得《いっしゅんなっとく》しかけたレーヴェだったが、

「……？　あの、ソフィーはライズベリー家直属の純闘士《グラディエーター》として昇格したはずでは？」

「そのライズベリー家が、今回の事を受けてノワールの所有権を早々に放棄《ほうき》した。飼《か》い猫《ねこ》にいつ手を噛《か》まれる事になるか分からない、とな」

「にゃは、四大貴族の癖に金玉ちっさいにゃ～」

ソフィーネはけたけたと笑う。その様子に、レーヴェは何となく察した。

（……さてはソフィー、こうなる事も想定した上で僕に協力したな？）

ヴァルミラの下で動きたくなさそうだったし、きっとそうだ。相変わらず無茶《むちゃ》をする……いや、彼女にとってはこの程度、無茶でも何でもないか。

「そこで、ひとまずゼレス様預かりとなる事に決まった。お前の指導は私に任されている」

「ありゃ。ご指導ご鞭撻《べんたつ》のほど、よろしくお願いしますにゃ～♪」

「……仮にも純闘士《グラディエーター》資格を勝ち取った身でありながら、上下関係がまるで分かっていないその心構え、腐《くさ》った性根《しょうね》もまとめて叩き直《なお》す。来い！」

「にゃははっ、スパルタだにゃ～」

「何で嬉《うれ》しそうなんだよお前……」

「若いって元気だなぁ……」

げんなりとする純闘士《グラディエーター》２人に両腕を引っ張られ、ソフィーネはずるずると練武室へ連行されていった。

彼女はさっきまで自分を治療し、囮《おとり》まで引き受けてくれた。ここから更にしごかれるのはちょっと可哀想《かわいそう》だな。

「レーヴェく～ん？　寝《ね》てるからって魔女っ子ちゃんに変な事しちゃダメだぞ☆」

前言撤回《てっかい》、全力で叩き直されろ。……多分、一生直らないだろうけど。

（……ふぅ、ようやく一息つける、かな）

長い１日だった。半日近く眠っていたのにそう感じられるのは、やっぱりミィカとの出会いが衝撃的《しょうげきてき》すぎて、且《か》つ自分の考え方、生き方を大きく変えられたからだろう。

さて、どうしようかな。眠るミィカを見やりつつこれからの事を考える。と、

「……んぅ……」

唇《くちびる》が小さく動き、ミィカがゆっくりと目を開けた。とろんとした瞳《ひとみ》で、レーヴェの顔を見据える。

「……おはよう、ミィカ」

「おは、よ……、……っ⁉」

見開いた目に警戒《けいかい》の色が宿る。距離を取ろうとしたのか手足をばたつかせたが、彼女を落とさないようにレーヴェが力を込めた事もあって逃《に》げ出すのに失敗した。

「あ、あなた……！」

「はは、ごめん。驚かせちゃったね」

ゆっくりとしゃがみ、彼女《かのじょ》を足から下ろしてあげる。ミィカはちょっと戸惑《とまど》った様子だったけど、次第《しだい》に落ち着きを取り戻《もど》した。

「……ここ、は」

「〝C《シー》〟だよ。君は……ちょっと前に理事長室で気絶させられたんだ。覚えてる？」

「理事長……そう、その部屋に連れていかれて……」

〝ミィカ！　だいじょうぶ⁉〟

と、着物の中からリアが飛び出してくる。レーヴェを見て威嚇した後、ミィカの肩《かた》の上に駆け上って頬《ほお》を舐めた。

「……うん、大丈夫。ちゃんと、生きてるよ」

〝良かった……ミィカが気絶しちゃったらボクも実体化出来ないんだから心配したよ。ホントはボクが護ってあげなくちゃならないのに……ごめんねミィカ〟

「うぅん……嬉しい。ありがとう、リア」

黒の毛並みを優しく撫《な》でるミィカに、嬉しそうに体をくねらせるリア。見ているだけで心がほっこりする和《なご》やかな光景だ。

と、ミィカが不意にこちらを見た。

「あなた……腕《うで》は、大丈夫、なの？」

「腕？」

「だって、なくなってたから」

「あぁ、うん。大丈夫だよ、ほら」

両腕《りょううで》をぐるんぐるん回してみせる。……正直言うとまだちょっとだけ痛むけれど、気合で無視した。

「そう、良かった……ねぇ。わたし、どうなるの？」

リアを両手で抱きしめながら、ミィカはそう問うた。その腕は小刻みに震《ふる》えていて、気《き》丈《じょう》に振舞《ふるま》っているのは明らかだ。

「安心して。僕《ぼく》と君が殺し合う必要はなくなったし、君はライズベリーに戻らなくていい。僕達と一緒《いっしょ》に〝C《シー》〟で暮らす許可が出たんだ」

「……え？　そ、それホン」

〝ホント⁉　ねぇそれホントな……んだろうなニンゲン！〟

「うん。だから、もう怯えなくていいんだよ、ミィカ」

「…………」

ミィカはまだ信じられないのか、オニキスの眼をぱちぱちさせながら立ち尽くしている。その様子が可愛《かわい》らしいと思うと同時、『死ななくていい』という宣告にここまで疑いを抱いてしまう彼女の境遇《きょうぐう》が不憫《ふびん》でしょうがなかった。

話すべき事、説明すべき事。たくさんある。でも、そんなのは今じゃなくていい。

レーヴェは満面の笑《え》みを湛《たた》えて、手を差し出した。

「〝C《シー》〟へようこそ。これから、よろしくね？　ミィカ」

ミィカはやはりそれを呆然《ぼうぜん》と見やっていたが、やがておずおずと手を伸《の》ばし、レーヴェの手をたどたどしく握った。

「……よ、よろしく、お願い、します」

初冬の夜、小さく、ひんやりとした手。

誓《ちか》う。次こそは彼女を護り通してみせる、と。

第3章　狙う者、欺く者、誓う者

「やぁ、久しぶりだね。元気にしてたかい？」

薄暗《うすぐら》い室内に響く、中性的で人を食ったような声。

「ふふふ、それは何より。君は相変わらずだね……いやいや、褒《ほ》めてるんだよ？」

くつくつと笑う。白衣を身に纏《まと》う女だった。腰かけた木造りの椅子《いす》が軋《きし》むように耳障《みみざわ》りな音を奏《かな》でる。

彼女はメガネの真ん中を薬指で押し上げ、天を仰《あお》いだ。

「それで、どうだい？　彼らの様子は……何事もなく、か。うんうん、結構な事じゃないか。もっとも、喜ぶべきか悲観すべきかは微妙《びみょう》なところだがね？」

立ち上がり、女は椅子の周囲を鷹揚《おうよう》に歩く。こつこつと靴音《くつおと》ばかりが響き渡る無意味な時間を、愉しみ、愛《いと》おしむかのように。

「さてさて、今日こうして通信したのは他でもない。我々はここまで静観に徹《てっ》してきたわけだが、このままでは体にカビが生えてしまいそうだ。そうは思わないかい？」

右手の小指で光る指輪に語り掛《か》けた彼女は、少しの間を置いて頷き、

「思ったんだ。そろそろ雌伏《しふく》の時は終わりにしていいのではないか、とね。少し風通しを良くしよう……ふふふ、察しが良いね、流石だ。話が早くて助かるよ」

切れ長の瞳をすっと細め、

「兆しを見せた〝彼〟も捨てがたいが……やはり本命は〝彼女〟かな。まぁその辺りは現場の判断に委ねるとして、要求《オーダー》を少々いいかな？」

ぱちん！　と左手の指を鳴らし、謡《うた》うように言葉を紡《つむ》ぐのだった。

「待ちに待った『宣戦布告《はじめまして》』のご挨拶《あいさつ》だ、ド派手にぶちかまそうじゃないか！　これから来るであろう動乱の時代《とき》を予感させるように！　ふふふっ、頼んだよ同志――――」

◆◆◆◆

――いつから、だっただろう。

誰《だれ》かとすれ違う時、目を伏せて息を潜《ひそ》めるようになったのは。

謂《いわ》れのない中傷を石と一緒にぶつけられても、じっと我慢《がまん》するようになったのは。

お父さんが早くに死んでいた事も災《わざわ》いした。魔獣《まじゅう》との間に生まれたから〝灰色〟なので

はないか、と里のみんなは聞こえよがしに噂《うわさ》していた。

お母さんはそんな噂にも負けず、身を挺《てい》して護ってくれた。

お母さんの綺麗《きれい》な顔は日に日に傷だらけになっていき、わたしは毎日のように傷の手当てをした。

不幸中の幸いか、あるいは幸い中の不幸か、みんなはそれ以上手を出してこなかったので、わたし達《たち》は里で暮らし続ける事が出来た。

けれど、里は唐突《とうとつ》に〝人間〟に襲《おそ》われた。

みんな、死んだ。石を投げてきた男の子も、〝灰色〟だと罵《ののし》ってきた女の人も、お母さんに暴力を振《ふ》るっていたおじいさんも、みんなみんな。

魔女として、殺された。

そして、お母さんも。

『大丈夫。大丈夫だからね、ミイカ……っ』

震える手で力いっぱいに抱きしめてくれたお母さんは、その言葉を最後に剣《けん》で斬《き》られた。

わたしを必死に護ろうとして、わたしの目の前で殺されてしまった。

生まれて初めて、あんな声を絞《しぼ》り出した。我を忘れて走り出し、リアを纏って引き裂こうとしたけど、触《ふ》れる事さえできずに取り押さえられた。

連れていかれ、目を覚ましたのは牢獄《ろうごく》の中。

里のみんなが死んだ事は何とも思わなかったけど、せめて死ぬのはお母さんと一緒が良かったのに。生かされた事を憎々《にくにく》しく思う中、徐々《じょじょ》に疑問が浮《う》かんだ。

どうして自分だけ、って。その答えはおぼろげに出ていたけれど。

わたしが、〝灰色〟だったから。

檻《おり》から出された。闘わないと殺す、そう言われた。

せめてお母さんの仇《かたき》を討《う》ちたくて、どうにか生き残ろうとして、〝彼〟に出会った。

彼は自分も〝灰色〟だと言った。それを証明しようとするかのように、彼はあいつらに刃を向けてわたしを逃がそうとしてくれた。

そして、よく分からない内に『生きていい』事になってた。きっと、彼のおかげだ。

だけど……生きるって、どうやって？

〝魔女〟として？　〝灰色〟として？　それとも、偽《いつわ》りの〝人間〟を演じきって？

わたしは、何なのかな――

◆◆◆◆

「――――んぅ」

ゆっくりと、目を開く。無機質な天井《てんじょう》がぼやけて見える。

隠《かく》れ里《ざと》のボロ小屋と全然違う。しばらくここがどこだか分からなかったが、

「ありゃ、ようやくお目覚めかにゃ～？」

気の抜《ぬ》けたその声を聞き、ミィカの思考からようやく霧《きり》が晴れた。

（そっか……わたし、生きてるんだ）

処刑《しょけい》の話が唐突になくなったあの日。ミィカの身の振り方について彼らと話をした。

その存在を公表こそ出来ないものの、名目上は〝灰色〟として〝C《シー》〟で監視されている身。自由気ままに、とはいかない。

逃走《とうそう》の手段になる、という事で魔術《まじゅつ》を使う為に必須《ひっす》の指輪も一時没収《ぼっしゅう》されかけたが、指輪がないと魔術云々《まじゅつうんぬん》の前に魔力《まりょく》そのものが生み出せなくなってしまう。

そうするとミィカの心の拠《よ》り所《どころ》であるリアの魔力体を創る事も出来なくなるので、彼女の〝保護〟も考えると得策とは言えないのでは？　そんなすったもんだがあったらしいが、指輪の所持は〝制限付き〟でとりあえず許可された。

まぁそもそも逃げ出す気なんてさらさらないのだけど……今は『保護された身寄りのない一般人《いっぱんじん》』としてソフィーネの部屋で寝泊《ねと》まりしていた。

（あれから5日……だっけ）

もうそんなに経《た》ったのか、と思う。牢屋《ろうや》での鬱屈《うっくつ》とした日々と比べると、あまりにもあっという間だ。

「お～い、二度寝《にどね》かにゃ～？」

「……起きてる。おはよう」

ミィカはもそもそと体を起こした。身に纏う白のシャツとパンツは冬だというのにじっとりと汗《あせ》ばみ、灰色にくしゅりと湿《しめ》っている。

（イヤな夢、見た気がする……）

思い出せないけど。もっとも、思い出せない方が気楽でいい。

「ほらほら、とっとと顔洗って着替《きが》える着替える♪　魔女っ子ちゃんのあの服、着るのにちょい時間掛かるんだから」

「……分かってる」

ソフィーネはどうでもいいけど、〝彼〟を待たせるのはイヤ。ふらりと立ち上がったミィカは部屋に備え付けの洗面台へと向かった。

「……何、これ……」

鏡があった。その中に自分の顔が映っていた。でも、その顔は自分じゃなかった。

「どう？　自信作だぜぃ♪」

などとほざく彼女は無視。

黒い墨《すみ》でラクガキされた滑稽《こっけい》な魔女、がそこにいた。ほっぺたの辺りに横線があったり、額に謎《なぞ》の☆マークがあったり。訳が分からない。

見た感じだと、リス？　キツネ？　いや、単に小動物っぽくしてみただけだろうか。

（ホント、この人は毎日毎日飽《あ》きもしないで……）

もう溜息《ためいき》も出ない。この人、わたしの３つ年上なんだよね？

以前言われた一言が脳裏《のうり》に蘇《よみがえ》る。『ソフィーは親しみやすいけど、ちょっと頭おかしいから気を付けてね』

言葉の意味はすぐに、というかあの日の振舞いで分かっていた事だけど……寝ている間にされるイタズラをどう気を付ければいいのだろう。

「……リア」

ミィカは指輪を鈍色《にびいろ》に輝かせ、リアを創り出した。

魔力体である影の魔獣《ディム》の意識は主《ミィカ》の意識とリンクしていて、ミィカが寝ている時にはリアも寝ている。なので、真っ赤な彼の瞳はひどく眠《ねむ》そうだ。

〝やぁおはようミィ……〟

言葉が止まる。目の前にいるのはずっと一緒に過ごしてきた友達だ、と寝ぼけ眼《まなこ》が判別出来なかったらしい。

「……おはよう」

〝う、うん。ていうか、それ何ミィカ!?〟

声を聞いて確信したのか、ミィカの頭の上に飛び乗り、墨を拭《ぬぐ》うかのようにぺしぺしと顔を叩く。

「これをわたしが自分ですると思う？」

〝思わないけど……って事はまたあいつか！　ニンゲンめ！〟

黒い毛を逆立ててソフィーネを威嚇《いかく》するリア。向こうはニヤニヤと笑みを深くするだけだったけど。

〝もぉ！　ミィカが寝てる時にボクが起きてられたら、こんな事させないのに！　こんな、事……っ、友達として絶対に許せないよ！〟

「リア。今、笑ったね？」

威勢《いせい》よく言葉を並べていたリアが固まる。

黒と赤だけで構成されている影の魔獣《デイム》の表情は読みづらいけど、友達の事は全てお見通し。誤魔化《ごまか》そうとした事もお見通し。

「罰《ばっ》。あの人を懲《こ》らしめてきて」

〝うぇ!? ま、またあいつを〜? ボク、あいつ苦手なんだけど〟

「お? 何々、今日もネコちゃんが遊んでくれる系? いいよ、来いよ♪」

〝ほらぁ! 何言ってるか分かんないけど、めっちゃノリノリじゃん! 絶対ひどい目に遭《あ》うって!〟

「つべこべ言わずに、早く」

首根っこを掴《つか》んで頭から下ろし、前に放り投げる。くるくると体を回転させて柔《やわ》らかく着地したリアは、一度こちらを見てから敵を見据《みす》え、

〝うわぁぁん、ちゃんと骨は拾ってよねミィカぁぁぁ!〟

突撃《とつげき》。……昨日はあっという間に捕《つか》まって弄《もてあそ》ばれてたけど、今日はどうなるかな。

(……じゃなくて、早くラクガキ《これ》をどうにかしないと)

改めて洗面台に向かい、ひとまず水で洗ってみる。……全然落ちない。

困ったミィカが辺りを見やると、昨日まで無かった容器が。『顔のラクガキにはこれ!』とムカつくくらいの達筆で書かれている。

(こんなモノを用意してまでイタズラしたの? バカみたい)

背後からはリアの悪戦苦闘《あくせんくとう》とソフィーネの楽しそうな声。面白《おもしろ》ければそれでいい、と彼

女は以前言ってたけど、ホントにそれに忠実に生きてるみたいだ。

(今からでも、あの人と同じ部屋がいいってお願いしてみようかな)

容器の中のどろっとした液体はこするだけでよく泡立《あわだ》った。真っ白なそれを真っ黒なラクガキにこすりつけると、混じり合って面白いように落ちていく。

(……これが普通《ふつう》、なんだよね)

牢《ろう》の中にいた頃《ころ》は汚《よご》れているのが当たり前で、顔を洗う、なんて出来るはずもなく。

隠れ里にいた頃でさえ、数日に一度水浴びが出来れば良い方だった。

なのに、〝C《シー》〟では毎日温かいお湯で体を洗える。お腹《なか》が鳴るのをひたすら我慢したりする事もない。勿論《もちろん》、嬉しい事だけど。

灰色の軌跡《きせき》が渦《うず》となって吸《す》い込《こ》まれていくのを見やりながら、ミィカは思う。

(平和……ホントに、平和)

そう、怖《こわ》いくらいに。

熱気が立ち込め、喧騒《けんそう》がそこかしこで生まれては消えていく。

美味《おい》しそうな匂《にお》いの中で人間達が楽しそうに笑い、話し、食べる。

(これも、普通……)

ミィカもまた、人間達と同じようにトレイを手に持ち、食欲をそそる匂いを放つ料理をトレイに載《の》せ、人混みを掻《か》き分ける。

大食堂。共用棟《とう》の1階にある、幾《いく》つもの部屋をぶち抜いて繋ぎ合わせたかのような、端《はし》まで見通す事すら難しい巨大《きょだい》な空間。

初めてここに来た時は、母親の話で聞いていた〝お祭り〟か何かだと思った。

〝C《シー》〟での暮らしはミィカにとって知らない事ばかりで、特に人の多さには圧倒されてばかりだったのだけど、大食堂の人の多さはもはや異常だったから。

〝C《シー》〟に住む人間。見習い闘士《ファイター》、専任教師《インストラクター》、その他様々な役職の人間、総勢数千人余りの胃袋《いぶくろ》をこの空間だけで満たすのだ。朝早くから夜遅《よるおそ》くまで、この空間から熱と声は消える事が無い。

ミィカは人間とぶつからないように細心の注意を払《はら》いつつ歩く。着物が物珍《ものめずら》しいのか奇《き》異《い》の視線を浴びる事も多かったが、それらから逃げるようにしてようやくソフィーネの座《すわ》るテーブルにたどり着いた。

〝ねぇねぇミィカ！　魚っぽいヤツ、ちゃんと取ってくれた？〟

と、袖《そで》の中からリアが顔だけ出して尋《たず》ねる。

「うん、取ったよ」

〝やったぁ！　今日の魚はどんな味かな～？〟

機嫌《きげん》良さげに喉《のど》を鳴らすリア。魔力体のリアは本来食べる必要はないが、味覚は存在しているので食を楽しむ事は出来る。よほどここの料理が気に入ったらしい。

人間が嫌《きら》いなのはミイカもリアも同じ。けれど、料理に罪は無い。無いのだ。

〝あれ？　そう言えばレーヴェは？〟

「あの人は用事があって少し遅《おく》れてくるって」

〝ふーん。忙《いそが》しいんだね、あいつ〟

最近……いや、処刑が無くなったあの日から、リアは彼を〝ニンゲン〟と呼ばなくなった。面と向かって話す時はまだ喧嘩《けんか》腰《ごし》な事もあるけど、人間の中でも信用出来ると判断したのだろう。

「…………」

信用出来る、とは思う。彼は同じ〝灰色〟の理解者なのだ。

けれど話す時、ぎこちなくなってしまう。心は喜んでいるはずなのに。

多分、彼は〝魔女《まじょ》〟じゃなくて、人間なんだ。そう無意識の内に考えてしまっているんだと思う。

それを少し申し訳なく思う自分と、人間は絶対に許せないと思う自分がいつも頭の中で喧嘩《けんか》している。決着は、まだまだつきそうにない。

「さてさて、レーヴェ君に会いたくて会いたくて仕方がな～いミィカちゃんに朗報で～す」

と、一足先に朝ご飯を食べ始めていたソフィーネがにやりと笑った。

「……別に、そんな事ない」

「はいはいツンデレツンデレ。ほれ」

「ぁ……」

ソフィーネがあごをくいっとした先。少し遠くに見えた彼が、トレイに載った料理をこぼさないように小走りで近づいてくる。

体が強張《こわば》り、けれど頬が綻《ほころ》ぶ。自分でもおかしな反応だって思う。

「おはよう、ミィカ。調子は大丈夫《だいじょうぶ》？」

彼は……レーヴェはゆっくり立ち止まり、いつものように優《やさ》しく言った。

「……うん。あなた、は？」

「僕も元気だよ。えっと、待たせてごめんね」

「別に、いい」

ぎこちなく返すミィカに、レーヴェはにこやかに微笑《ほほえ》んでみせた。

こうして顔を合わせ、言葉を交《か》わす。ただそれだけの事なのに、心があったかくなっていくのが分かる。母親の前でしか見せなかった笑みが自然とこぼれ落ちる。

会いたくて仕方がない、というのは言いすぎだけど。名状しがたい安心感を抱《いだ》く中、ソフィーネがからかうように言った。

「遅《おそ》かったじゃん首席様《トップ》。お姫《ひめ》様を待たせるなんて悪い騎士《きし》様だにゃ～」

「……姫って何。わたし、そんなんじゃない」

「はは、ソフィーの戯言《たわごと》にいちいち付き合ってたらキリがないよ？」

そっか。ソフィーネが何かしてきても無視すればいいのか。……無視、出来るかな。

「んで？　ミイカちゃんほったらかしてどこ行ってたのレーヴェ君」

「うん。彼女達《かのじょたち》が朝イチで試合があるって聞いてたから、迎《むか》えに行ってたんだ」

「あん？」

怪訝《けげん》な顔のソフィーネ。ミイカも首を傾《かし》げる。彼女達……？

「め、メルヴェイア先輩《せんぱい》！　ど、どちらにいるですか⁉」

「ごめん、こっちだよ！」

少し声を大きくしたレーヴェは、指輪に光を纏わせた手を掲《かか》げた。その光を頼《たよ》りにしてか、２人の人間がトレイを手にこちらに近づいてくる。

「……先輩、いきなりスピード上げないで。見失う」

「ですです！　いえ、ご飯にお誘《さそ》いいただいた事は素直《すなお》に嬉しかったんですけ、って、ええ⁉　な、なんでソフィーネ先輩がここに！」

「朝っぱらからご挨拶だにゃ～。だってあたしとレーヴェ君の仲だぜぃ？」

「そ、その仲とやらについて詳《くわ》しく！」

「んん？　そーね、一言で言えば男とおん」

「あのさ、悪いけど黙《だま》っててそれ食べててくれるかな、黙って」

笑顔《えがお》だけど、レーヴェが怖い。悪いのはソフィーネの方なんだろうけど。

（そんな事より……）

この初めて見る、騒《さわ》がしい女は誰だ。

薄緑《うすみどり》色の髪《かみ》が目立つ彼女は、やけに薄着《うすぎ》で、ソフィーネよりも背が低くて顔立ちも幼い。無駄《むだ》に主張している大きな胸がちょっと目障《めざわ》り。

その後ろにいる物静かな女……女、でいいのかな。高めの声だけど、よく見ると服装がそれっぽくないような。胸も膨《ふく》らんでないし。

と、騒がしい方の女がこちらを見た。

「へ？　……えと、初めまして、ですよね？」

「………」

素朴《そぼく》に首を傾《かし》げた彼女の言葉には、悪意も敵意も全く感じられない。けれど、見知らぬ人間からの言葉に咄嗟《とっさ》に応える余裕《よゆう》なんて無くて。

〝おいニンゲン！　ミィカから離《はな》れろ！〟

「うひゃっ⁉　ね、ネコ……？」

袖の中から出てきて威嚇するリアに、女が一歩退いてちょっと料理がこぼれる。と、レーヴェが割って入るようにミィカの前に立った。

「えっと、ごめん。事前に説明しておくべきだったね」

ぽりぽりと頬を掻くレーヴェ。ミィカを一度見やった後、２人に向き直る。

「君達を食事に誘ったのは、この子……ミィカを紹介《しょうかい》する為《ため》だったんだ」

「ミィカさん、ですか。その……珍《めずら》しい服、ですね？」

（見ないで。わたしを見ようとしないで、人間……！）

こちらを観察するその視線に、ミィカの体は否応《いやおうな》無く震えてしまう。

「うん。それも今から話をするつもりで……ソフィー？」

「あん？　あたし、まだ今日は何も悪い事やってないけど？」

「ただ名前を呼ばれただけでそう思うのは君の方に問題があるよね。じゃなくて、君の得意なイタズラ用の魔術、今使える？　このテーブルだけでいいから」

「あぁ、あれね。別にい〜けど」

と、指輪のネコのレリーフに光を纏わせて一言二言呟《つぶや》くソフィーネ。と、食堂の喧騒が一気に静まった。

「ほい完了《かんりょう》。今は精度上がって8割くらいは遮断《しゃだん》できるぜぃ？」

「わ、すごいです！　これ、音を……？」

「そ、消音魔術《サイレンス》。戦闘《せんとう》じゃ役立たずだけど地味に便利。今からリュミアちゃんが大声で歌い出しても気付かれないにゃ〜」

「う、歌いませんですし、8割って事はちょっと漏《も》れてるじゃないですか！」

どうやら、外から中、中から外、どっちの音も遮断できるらしい。イタズラ用って事は、これで音を消して色々やる為の魔術なのだろうか。

……って事は、今朝のイタズラもこれを使ったのかな。ちょっとイラッとした。

と、消音魔術《サイレンス》の効果を確かめていたレーヴェが1つ頷《うなず》き、すぅと息を吸い込んだ。

「最初にこれだけ言っておくけど……ミィカは、魔女なんだ」

「ちょっ、あなっ……！」

思わず立ち上がり、声を荒《あら》らげてしまう。ミィカが魔女である事は出来る限り勘付《かんづ》かれないようにしないと、って言ったのはレーヴェなのに。

「大丈夫だよ、ミィカ。僕を信じて」

ぽんと肩に手を置いた彼《かれ》の手は、相変わらず優しくて。ミィカは驚きと不安が混じり合った感情を呑《の》み込み、席に着く。

「……魔女？　あの、メルヴェイア先輩。何を仰《おっしゃ》っているですか？」

「うん、説明するよ。だから座ろうか」

「あ、はい」

どこに座るか目線で会話しつつ、結局３人は一番近い席に座っていく。レーヴェが隣《となり》に座ってくれたので少し気が楽だけど……、

「にゃはっ、面白くなってきたにゃ～？」

心底楽しそうに料理を口に放《ほう》り込むソフィーネのお気楽さがほんの少しだけ羨《うらや》ましく、同時に物凄《ものすご》くイラッとした。

「…………なるほど。一応、理解はした……つもり、です」

リアを魚料理の皿と一緒に袖の中に押《お》し込んだ後、みんなでご飯を食べながらレーヴェがゆっくりと試験の……あの日の顛末《てんまつ》を話した。ミィカが魔女であり〝灰色〟である事も含《ふく》めて全部、だ。

話が終わった後。リュミアという名前らしき女が少し考えこんだ後に頷く。

消音魔術《サイレンス》はしっかりと機能しているらしく、引っ切り無しに行きかう人間達は特に変な反応を示さなかった。

食欲という巨大な衝動《しょうどう》に支配されてひたすらに料理にがっついている有様は、さながら獣《けもの》のよう。……自分が心配しすぎだったのだろうか。

「試験で先輩達《せんぱいたち》がどんな感じだったのか、何度か専任教師《インストラクター》に訊《き》いてみたけど全然教えてくれなかった。口止めかな、先輩」

「うん、多分ね。正確には試験じゃなくて魔女についてだけど、専任教師《インストラクター》に箝口令《かんこうれい》が敷《し》かれたって聞いてる」

「ん、納得《なっとく》」

レイス……だっけ？　無表情で言った彼女（女で合ってた）に笑いかけ、レーヴェはリュミアを見やる。

「ええと、率直《そっちょく》な意見を聞きたいんだけど……どう思った？」

「どう……とは？」

「難しく考えないで、僕の話にどんな感想を持ったか教えて欲《ほ》しいんだ」

「そうですね」

もう一度考えこみ、リュミアはミィカに視線を向けた。びくぅ、と情けなく肩が震える。

「確かに驚《おどろ》きはしましたが……だから何なのです？　としか」

「同感。魔女、って言われても実感湧《わ》かない」

2人はただそれだけ言って、困ったように笑った。と、いつの間にかデザートのアイスを取って来ていたソフィーネが、スプーンをひらひらさせながら言う。

「そもそも魔女ってあたし達の世代にとってはお伽噺《とぎばなし》みたいなもんだしにゃ～」

「……そう、なの？」

全ての人間は魔女を恨《うら》み、憎《にく》んでいる。ミィカはそう思っていたし、隠れ里の魔女達も同じように考えていたはずなのに。

「20年前に魔乱《カオス》、っていう魔女とのデカい戦争があってにゃ。それこそこの国全部を巻き込んだ感じのヤツ。そん時にすんごい数の人間に被害《ひがい》を出しながら、魔女の中でもヤバい奴《やつ》らをまとめてとっ捕まえて処刑して、そっから魔女は表舞台《おもてぶたい》から消えたわけ」

「純闘士《グラディエーター》はともかく、今現役《げんえき》の見習い闘士《ファイター》はその頃、生まれてすらいないからね。直接魔女の脅威《きょうい》を見たわけじゃないから、書物の中の知識としてしか知らないんだよ」

そう、なのか。じゃあ、魔女はそんなに嫌われていないのかな……？

「でも当時、前線に駆《か》り出された闘士の生き残りは今、大半が専任教師《インストラクター》になってる。魔女の恐怖《きょうふ》を知ってる彼らの教えを受けた見習い闘士《ファイター》も漠然《ばくぜん》と魔女を嫌ってる人が多い、っていうのが実状なんだ」

「……そう」

俯《うつむ》いたミィカは、小さく頭を振って気を取り直す。しゃらら、と髪飾《かみかざ》りが鳴った。

「で、ここからが本題なんだけど」

……ここまで、本題じゃなかったの？　これ以上、一体何を話すつもりなのだろう、と

戦々《せんせん》恐々《きょうきょう》としながらレーヴェの言葉を待ったミィカは、

「2人に、ミィカの友達になって欲しいんだ」

「……え……」

想像の斜《なな》め上を行く彼の提案に、思わず声が出てしまった。

「？　友達、ですか？」

「そう。現状、明確に彼女の味方と言えるのは僕とソフィーネぐらいのもの。僕は男だか

らずっとミィカの傍《そば》にいるのは難しいし、ソフィーは別の意味で心配だし」

「にゃは、何が心配なのかにゃ～？　あたしってば、こぉんなにミィカちゃんと仲良し」

「触《さわ》らないで」

髪をわしゃわしゃしてきたので、反射的に払いのける。彼女が人間だから、というのも

無くはないけど、今朝の落書きを思い出してイラッとしたのが大きい。

その様子に何かを察したのか、苦笑《くしょう》したレーヴェが続ける。

「というわけで、どうせなら僕らより歳の近い友達が出来たらいいかな、って思ったんだ。で、真っ先に思《おも》い浮かんだのが君達だったんだよ」

「こ、光栄です……メルヴェイア先輩からお声掛けいただけるなんて私、とぉっても嬉《うれ》しいのですよ……！」

「はは、大袈裟《おおげさ》だよ。まぁ、これまで〝灰色〟の僕を毛嫌《けぎら》いしないでくれたのが選ぶ一番の決め手だったんだけど、ね」

友達。生まれてから一度も出来た事が無いし、欲しいと思った事も無……くはない、かな。楽しそうに遊んでる里の子供達に少しだけ憧《あこが》れた事は、あるかもしれない。

俯いたミィカがちらとリュミアを見やると、あちらもこっちを見ていた。思わず顔を逸らしてしまう。

何となく気まずい空気。それをソフィーネがいつもの意地悪い笑みでぶち壊《こわ》した。

「レーヴェ君を毛嫌い、ねぇ。にゃはは、リュミアちゃんは毛嫌いどころかむしろ」

「てやっ！」

弾かれたように跳《と》び上がったリュミアが、物凄い速さでソフィーネの口を塞《ふさ》ぐ。ミィカは勿論の事、近くにいた人間も何事かとこちらの様子を窺《うかが》っているようだった。

「……ソフィーネ先輩ぃぃ？　今、なぁにを言いやがろうとしたのですかねぇ……？」

「んん？　ご希望ならもっかい言おうかにゃ？」

「絶対言うなです！　もぉ、ソフィーネ先輩はめでたく純闘士《グラディエーター》になったのでしょうに、何でまだここに残ってるのですか。理解に苦しむです……！」

「あーそれね」

ジュースの入った透明《とうめい》なグラスをくるくると回し、気だるげに言うソフィーネ。

「ゼレス先生がまだライズベリーに滞在《たいざい》するから、しばらくこっちに残る事になっただけ。動くのは多分、３ヶ月後くらいかにゃ？」

「それは初耳だよ。３ヶ月、か……結構先だね。その間ずっと〝C《シー》〟に？」

「ん。〝瞬閃《しゅんせん》〟様のお呼び出しで訓練には参加してるけど」

「そっか。あの人達もまだこっちに……っと」

レーヴェの指輪が不意に鈍色《にびいろ》の光を帯びた。彼は口元に指輪を寄せる。

「はい……はい、分かりました。すぐに伺《うかが》います」

魔術通信だ。かなり短く通話を終わらせたレーヴェはおもむろに立ち上がった。

「ごめんみんな、ちょっと席を外すね」

「……え？」

いきなりの事に、ひゅん、と一瞬《いっしゅん》で辺りが薄《うす》ら寒《さむ》くなったように感じられた。

「呼び出し、ですか？　先輩」

「うん。多分そんなに掛からないから、待っててくれるかな」

「…………」

イヤだ。一緒《いっしょ》がいい。そう言いたいのを必死に我慢して、ミイカはこくりと頷く。

彼を困らせるのは……うぅん、嫌われたく、なかったから。

「それじゃミイカの事、頼《たの》むよソフィー」

「はいよ～」

飲み干したグラスを口にくわえながらぱちんと指を鳴らすソフィーネ。と、消音魔術《サイレンス》が解けたのかにわかに周囲の喧騒が押し寄せてくる。

「てかレーヴェ君ってば、ちょぉっと最近張り切りすぎじゃないかにゃ～？」

「今までが怠《なま》けすぎてただけだよ。それに、〝C《シー》〟に入ってからずっと、全方位に喧嘩を売り続けてきた君ほどじゃないかな」

「はっ、言うじゃん」

２人は顔を見合わせる事無く笑い合う。じゃあね、と言い残して大食堂を出ていったレーヴェの後ろ姿を見やりながら、この感じが〝友達〟なのかな、とぼんやり思う。

（……行っちゃった……）

〝ねぇミィカ。あいつ、どこ行ったの？〟

すっかり人混みに紛《まぎ》れてしまった彼。と、袖の中のリアが尋ねてくる。

「うん……ちょっと用事、だって。すぐに戻《もど》るって言ってた」

〝そっかぁ。それで、あのニンゲン達が何だって？　よく聞こえなかったんだけど〟

「えっと、あのリュミアって子達とわたしが友達に、だって」

〝はぁ⁉　ミィカが、ニンゲン達と⁉〟

うんまぁ、予想通りの反応。

「？　さっきからにゃーにゃー言ってるですけど、もしかしてさっきの影の魔獣《デイム》と話してるですか？」

リュミアが顔を近づける。にゃーにゃーって、〝灰色〟じゃない人間にはネコの〝声〟はそう聞こえるんだっけ。

ミィカはさりげなく距離《きょり》を取りながらおずおずと返した。

「……う、うん」

「そうですか。服の中は狭《せま》いでしょうし、外に出してあげればいいのでは？」

「で、でも周りの人に見られるのは良くないって」

「目立つ事をしなければ大丈夫ですよ、きっと。さっきだって、飛び出しても特に騒ぎにはなってませんし……ですよね、ソフィーネ先輩？」

見やると、ソフィーネはどうぞご自由にとばかりに肩《かた》をすくめた。

じゃあ、いっか。袖に手を突《つ》っ込んでリアの体を探《さぐ》り当て、首根っこを掴んで引っ張り出す。

〝ちょっ、なんか扱《あつか》いがひどいよミィカ！〟

「ふふ、ごめんねリア」

「わぁ、赤い瞳《ひとみ》に黒い泥《どろ》で作られた体。本に書いてた通りですね。名前はリアちゃんで、毛並みはどんな感じ……」

〝さ、触るなニンゲンめ！〟

リュミアの伸《の》ばした手をさっとかわし、毛を逆立てるリア。

「ええと……私、嫌われてます？」

「……そう、かも」

元々、人間には嫌悪《けんお》感しかない。こうなって当たり前だ。

でも、このままじゃダメだ。赤の他人ならともかく、友人として歩み寄ろうとしてくれている人間くらいは受け入れないと、〝普通〟の暮らしは難しいだろう。

「リア、この子は敵じゃない……はず。警戒しないで」

〝でもさミィカ、ニンゲンなんてレーヴェくらいしか信用できないよボク〟

「じゃあ、あの人の言葉を信じよう？　大丈夫だ、って言ったから。わたしも、頑張《がんば》って信じてみる」

〝……ううう、分かったよう〟

ぐにゃりと首を捻《ひね》った後に渋々《しぶしぶ》頷《うなず》いたリアは、とことことリュミアの前まで歩いて彼女《かのじょ》の足に肉球を叩《たた》きつけた。

「これ……私の事を認めてくれたですか？　ミィカさんが説得してくれたですよね？」

「……うん。一応、信じてみるって」

「あはは、それは光栄です！　ほらレイス先輩もリアちゃんと仲良く……って、そういえばネコが苦手でしたっけ先輩。確か昔ネコ型の魔獣《まじゅう》に髪の毛を」

「うるさい黙れ思い出させるなしばくぞクソ巨乳《きょにゅう》」

「クソ巨乳⁉　な、なんて直球で地味に傷つく言葉……！」

大食堂の喧騒の中でも、リュミアのキンキンした声はよく響《ひび》く。自分の陰気《いんき》な声とは正反対だな、と思うと少しだけへこんだ。

と、リュミアがリアの背中を撫《な》でながら1つ咳払《せきばら》い。

「それでは親睦《しんぼく》を深めましょう……ミィカさんっておいくつです？　私は15歳です」

「……多分、同じ」

「やっぱり！　何となくそんな気がしてたです。嬉しいですね」

ころころとよく表情が変わる。喜怒《きど》哀楽《あいらく》がすぐに顔に出るタイプなんだろう。そういうのも自分と正反対だ。

「嬉しい……？　どうして」

「え？　そりゃまぁ……私、同年代の友人があまりいないですし……」

「リュミア、嘘《うそ》は良くない。あまり、じゃなくて、ゼロ」

「悪かったですね！　同じペースでランクが上がってく同期生が全然いなかったんだからしょうがないじゃないですか……！」

「遠回しに、私天才見習い闘士《ファイター》ですからアピール？」

「だから違《ちが》うです！」

……この子、いつもこんな感じなのかな。疲《つか》れそう。

けど、一緒にいると楽しそう、かも。ミィカは小さく相好《そうごう》を崩《くず》した。

「そ、それでですよ！」

顔を真っ赤にしたリュミアが、熱を振《ふ》り払うようにぶんぶんと頭を振る。

「私、メルヴェイア先輩に言われたからだとか、魔女とか〝灰色〟だとかも関係なく、あなたとお友達になりたいと思うのですよ」

「……何で？」

「何でと訊かれても困るのですが……強《し》いて言えば、ミィカさんと一緒にいると楽しそうだと思ったから、ですかね？」

（……わたしと同じような事、思ったんだ）

この子みたいなのが〝普通〟なのかな……？　けど、この子も見習い闘士《ファイター》なんだから命《いのち》懸《が》けの毎日なはずだし、やっぱり普通じゃないのかも。

「以上、私の率直な感想なのですが……御迷惑《ごめいわく》、ですかね？」

「…………」

多分このあったかい気持ちは『嬉しい』って事なんだと思う。だから、

「……、勝手に、すればいい」

そんなひねくれた事しか言えない自分が情けなくて。

「良かったです！　それでは、これからよろしくお願いするですね！」

無邪気《むじゃき》に笑うリュミアが、どうしようもなく眩《まぶ》しかった。

◆◆◆◆

「……お待たせしました。すみません、お忙しいでしょうに」

「ふふ、気にしないで。行きましょう」

深く腰《こし》を折ったレーヴェは待ち人と共に共用棟を出て、内庭《ガーデン》に足を踏《ふ》み入れる。

相変わらず鬱蒼《うっそう》としていて、日の光も少し遮《さえぎ》られているせいか薄暗《うすぐら》い。訓練で訪《おとず》れる事は何度もあったが、間違《まちが》いなく好んで来たいと思えるような場所ではないだろう。

「……っはぁ～～、はい理事長モード終わり！」

内庭《ガーデン》に入ってある程度歩いた後、マリアベルが色々なモノが込められているであろう息を盛大《せいだい》に吐《は》き出した。

「もぉ、強くて凛々《りり》しい理事長様でい続けるのってホンット肩が凝《こ》るわ～。このキャラ、いい加減崩しちゃいたいんだけど、どう思う？」

「あなたに憧れて〝C《シー》〟に入る見習い闘士《ファイター》やスタッフは毎年一定数いるそうです。〝C《シー》〟の人員が年々減っていってもいいのであれば、どうぞ」

それは勘弁《かんべん》、と口を尖《とが》らせるマリアベル。レーヴェは言葉を続けた。

「それより、何故《なぜ》ここへ？　人の目を嫌っているのであれば、魔術《まじゅつ》処理の防諜《ぼうちょう》が完璧《かんぺき》な理事長室で良かったのでは」

「んー、まぁ散歩でもして気を紛らわせたかっただけっていうか？　あの部屋、まだちょっと臭《にお》いが残ってるから気分悪いし」

「臭い、ですか？」

「そ。鬱陶《うっとう》しい害虫をぷちっと潰《つぶ》したら臭《くさ》くて臭くてもーサイアク」

臭いが残るって、どれだけ大きな害虫なんだろうか。純粋《じゅんすい》に疑問だったけど、これ以上無駄話《むだばなし》で貴重な時間を浪費《ろうひ》するのも勿体《もったい》ない。

「理事長、例の件ですが」

「ええ、分かってるわ」

頭を振り、マリアベルはまっすぐにレーヴェを見る。理事長モードではない、けれどふにゃふにゃでもない眼差《まなざ》し。

「魔女、ミィカ・ユリリィを〝C《シー》〟に受け入れる手続きは終わったわ。あの子はこれで、正式に〝C《シー》〟の一員となった。身寄りが無い為に引き取られ、将来的には見習い闘士《ファイター》となる予定の女の子、として」

「……ミィカに見習い闘士《ファイター》をさせるのは酷《こく》です」

「形式上の話よ。深く考えないで」

立ち止まり、近くの木に背を預けて手招きするマリアベル。

「大声で話すのはイヤでしょ？」

少し声を潜《ひそ》めながら、悪戯《いたずら》っぽく笑うマリアベル。

まぁ確かに、魔女に関する話を立ち聞きされるのは万が一でも避《さ》けたい。少し迷った後、レーヴェは木を挟《はさ》んでマリアベルと背中合わせになった。

「ふふ、これってちょっと恋人《こいびと》っぽくない？」

「三十路《みそじ》の人にそんな事を言われましても」

「……良かったわね～レーヴェ。もし剣《けん》を持ってたら、あの日みたいに両腕《りょううで》ぶった切ってたかもしれないわよ～？」

冗談《じょうだん》めかして笑う。表情は見えないのだけど、この声はわりとマジのやつかもしれない。

少し失礼すぎたか、と反省する。

「さて、それじゃあ一番知りたがってた事から話そうかしら」

「はい、お願いします」

「ライズベリーをはじめとする上層部の意思を確認《かくにん》した。〝灰色の魔女〟の保護は最優先とはなり得ない。有事の際に優先すべきは、〝C《シー》〟であり、街の人間。忘れないで」

「……了解《りょうかい》しました」

何となく、察してはいた事だ。

〝灰色〟に一定の価値はあっても、それは他の全てをなげうってでも保護する程《ほど》ではないという事。だからこそ、ゼレスも簡単にミィカの引き渡《わた》しに応じたのだ。

(漠然と待ち続けるだけじゃ、食い殺される。ここはそういう世界だ)

試験の日から、自分の中で価値観や考え方が大きく変わった。いや、変えていかなければならないと感じた。

レムディプスという国、国王とその手足である国王直属《インペリアル》、〝C《シー》〟の経営のみならず政治にも大きく関わる四大貴族、ひっくるめて言うなら闘士の上に立つ者達。

それら全てに対する不信と、疑念。

(僕《ぼく》がしっかりしないと、ミィカを護《まも》れない。大丈夫、手は考えてる)

自分達の身は自分達で護れ。いたってシンプルな話だ。何も問題ない。

懸《け》念《ねん》があるとすれば、やはり……、

「……そう言えば、理事長。〝オーロラグレイ〟という言葉に心当たりはありますか？」

この言葉はミィカも知らないようだった。魔女の間で使われている用語の類かも、という予測はどうやら違ったらしい。

理事長からすぐに返答はない。いきなり話題を変えたからか、はたまた別の理由があってか。

「……いえ、無いわね」

「そうですか」

いつもと同じ抑揚《よくよう》で返ってきた言葉。まぁ、知っていてもそうじゃなくても彼女はそう返すしかないだろうな、とは思っていた。

マリアベル理事長には計り知れないほどの恩がある。不真面目に見えて理事長として懸命《けんめい》に動いていている事も、見習い闘士《ファイター》が無駄に死なないように闘技《とうぎ》試合の環境《かんきょう》を整える事に腐心《ふしん》している事も知っている。

それでも、国王直属《ゼレス》や四大貴族《ヴァルミラ》ともかかわりの深い彼女の言葉を、信用しきってはいけない。

〝オーロラグレイ〟とやらの意味次第《しだい》では、〝灰色〟の微妙《びみょう》な立場ががらりと変わってしまうかもしれないのだから。

「逆に訊くけど、〝リベレート〟という言葉は知ってる？」

悶々《もんもん》と考え込む中、飛び込《こ》んできたその言葉。首を傾げた。

「いえ……少なくとも闘士生活の中で聞いた事は」

「魔術を扱う者に起きる現象よ。指輪の光が黒く染まり、血の涙《なみだ》を流し、実力以上の魔力《まりよく》を身に纏《まと》う……心当たり、あるわよね？」

「……ええ」

あの時、ミィカを護る為に振るった、異常な力。

「輝《かがや》く闇《やみ》、とも呼ばれる現象ね。かなり珍しく、しかも純闘士《グラディエーター》相当の実力を持つ者にしか起きた事が無いから、見習い闘士《ファイター》の段階で教える事は無いの。変に発現を恐《おそ》れて消極的な闘《たたか》いばかりになって、結果死なれたら困るでしょ？」

「それが、僕に？」

「そ。皮肉にも、あんたの実力がもう純闘士《グラディエーター》以上だという事があの場で証明されちゃったわけね」

少し、複雑だ。ミィカを護る為の力がそれなりにある事が分かったと考えるか、それでもなおマリアベルには全く歯が立たなかった事に絶望すべきか。

見上げる。木々の隙間《すきま》から見えた、まばらに雲が揺蕩《たゆた》う青空。分かってはいた事だけど、まだまだ上には上がある。

「……珍しい現象との事ですが、原因は判明しているのですか？」

「諸説あるわね。有力なのは精神が極度に摩耗《まもう》して〝負〟に侵《おか》された魔力を生み出してしまい、それが肉体を逆侵食して……って感じかしら」

（精神的に追い詰《つ》められて心が、そして体までも暴走……ってイメージか）

確かにそれは、あの時の自分に当てはまっているかもしれない。

突如《とつじょ》女の子と闘わされ、彼女が魔女、そして〃灰色〃だと分かり、その嬉しさもあって衝動的《しょうどうてき》に彼女を逃《に》がそうとし、けれど撃《う》ち落とされて無力さを思い知らされ。

頭の中がぐっちゃぐちゃだったのに、ミィカを護る、という明瞭《めいりょう》なただ1つの目的が他の思考を塗《ぬ》り潰した。暴力的に、容赦《ようしゃ》無く。

「分かってるだろうけど、実力以上の魔力を引き出すからには、リスクもあるわ。精神の摩耗は行きすぎると心が死に、最悪植物状態行き。普通《ふつう》はそこに行き着くまでに精神がブレーキを掛《か》けるけど」

「それが無い、という事ですね。精神を侵され、自身が異常な思考を展開している事にすら気付けなくなっている、と」

「ふふ、体験者の言葉は重みがあるわね。指輪を外して魔力を生み出せなくするのが一般的《いっぱんてき》な対処法だけど、今回は気絶させて強制的に魔力の流れを断ったわけ」

「お手数をお掛けしました……腕《うで》をぶった切ったのは牙《きば》を剥《む》いた僕への罰《ばつ》でしょうか」

「違う違う。久しぶりのガチ殺し合いでちょっと楽しくなっちゃって。ね？」

「ね？　じゃないですが」

かつて勇名を轟《とどろ》かせた〝血露《ちつゆ》の嬉鬼姫《ききひめ》〟は健在、という事らしい。まぁこれに関しては自業自得《じごうじとく》の面も強いし、何も言う資格は無いけれど。

と、木の幹越《ご》しに薄らと感じていた体温が離れていくのを感じ、レーヴェも体を離す。

振り返ると彼女はこちらを覗《のぞ》き込みながら笑っていた。

「魔女《まじょ》を護りたいなら、まずは自分を大事にしなさい。それと……ってもぉ」

彼女の指にはめられた指輪が光を纏う。魔術通信のようだ。

不機嫌《ふきげん》そうに踵を返し、短く一言二言やり取り。マリアベルが特大の溜息《ためいき》を吐《は》いた。

「はぁぁ～ったく。休憩《きゅうけい》時間おしまいの合図でした～。レグネアのヤツ、仕事が出来るのはいいけど、もうちょっと理事長様に対する思いやりが欲しいわね」

「レグネア先生？　少し前にもお会いしましたが、懐刀《ふところがたな》がまだ〝C《シー》〟に留《とど》まっているのは少し意外です」

「出張ばかりってわけじゃないからね～。〝C《シー》〟はホワイトな職場なのですよん」

「年間の死者数が何人以下ならホワイトと呼べるのか、後学の為にお訊きしても？」

「……そういう小難しい話はもっと偉《えら》い人にお願いしま～す」

「〝C《シー》〟の現場責任者《トップ》ですよね？　あなたは」

まぁいい。〝C《シー》〟がホワイトかどうかなんて議論に意味は無い。『そういう場所』なだけだ、良くも悪くも。

レーヴェは恭《うやうや》しく腰を折った。

「お時間を割《さ》いていただき、ありがとうございました。どうぞ今すぐにお仕事にお戻りください、理事長」

「……なんか厄介払《やっかいばら》いされてる感じに聞こえるんだけど～？」

「気のせいでしょう。それと……例の件、よろしくお願いします」

「私は『何もしない』だけ。するのはあんたよ。ま、頑張りなさい」

そう言って子供みたいにぶんぶん手を振ってから、彼女は共用棟《とう》の方に歩いていく。振り返る際にちらと見えたその表情は、理事長モードのそれに戻っていた。

「よし……ようやくこっちも話を進められる。急がないと」

心の奥底《おくそこ》に決意を刻《きざ》み込み、レーヴェも歩き出す。ミィカの待つ大食堂へと、少しだけ早足になりながら。

◆◆◆◆

「……ふぅ」

ミィカはばたん、とドアを閉め、鍵《かぎ》を掛ける。自然と安堵《あんど》の溜息が漏れた。

夕食を食べ、リュミア達と大浴場で汗《あせ》を流し、部屋に戻る。毎日の日課みたいなモノだが、リュミアと別れて部屋に辿《たど》り着くまでの独りの時間はまだ緊張《きんちょう》してしまう。

ソフィーネはまだ戻っていない。ライズベリー家の訓練に行ってるのだろうか。

ミィカは綺麗《きれい》に折り畳《たた》んだ着物をそっと置いた。と、

〝もういい？　ミィカ〟

「うん、大丈夫《だいじょうぶ》」

リアが泥から飛び出し、ミィカの掌《てのひら》の上に飛び乗った。

〝へへ、さっぱりしたって顔だね。お風呂《ふろ》、気に入ったんだ？〟

「……そうかも」

お風呂そのものも気持ちいいけど、一番嬉しいのは注目を浴びない事。

魔女や〝灰色〟だと勘付かれたんじゃなく、ただ着物が物珍《ものめずら》しくて視線を集めてるだけ、という事を実感できて物凄く気が楽になる。

「リアもお風呂、入りたい？」

〝ヤダ！〟

「だよね」

どのみち、大浴場にリアを連れていくのは目立ちすぎてダメ、とリュミアに釘《くぎ》を刺《さ》されてるのだけど。いつか機会があればお湯に放り込んで反応を見てみたいな、と思う。

〝で、今日は早く寝《ね》るんでしょ？　ボクももう寝るね〟

「ん、おやすみ」

リアは小さく笑って跳び降り、地面に触《ふ》れると同時に泥となって消える。それを見届けたミィカは、用意して貰《もら》った小さなベッドの縁《ふち》に座《すわ》った。

リュミアが言うには、明日はみんなでどこかにお出かけするから忙《いそが》しいらしい。なので、途中でバテないようにたくさん寝ろ、と言われた。

それ以上の事は明日のお楽しみだと秘密にされているけど……、

「……？」

こん、こん。ノックの音だ。

ソフィーネがそんな事するわけないし、リュミアだろうか？

「ミィカ、ソフィー。いるかな？」

（レーヴェ……？）

珍《めずら》しい。というかこの部屋に彼が来るのは、ミィカが知る限りは初めてだ。

乱れたシャツを直しつつ、ミィカはドアを開けた。そこには、まだお風呂に入れていないのか少し汚《よご》れた姿のレーヴェがいて。

「ああ良かった。もしかしてもう寝るところだった？」

「……大丈夫」

とりあえず招き入れた方が……いいのかな？　扉《とびら》を引いて道を空けると、レーヴェはお邪魔《じゃま》します、と控《ひか》えめに部屋に足を踏み入れた。

「うーん、女子寮《じょしりょう》に来るとやっぱり目立つなぁ」

「そう、なの？」

「規則上は問題無いんだけど……特にランクが上の方になってからは、ソフィーの部屋を訪ねるだけであらぬ噂《うわさ》が立つようになってね。最近は控えてたんだ」

よく分からないけど、大変そうだ。ミィカがベッドの上に座ると、レーヴェは遠慮《えんりょ》したのか近くの壁《かべ》に立ったまま背中を預けた。

「それで、何かあったの？」

「ソフィーに用があったんだけど……」

「まだ帰ってきてない。最近、帰りが遅《おそ》いから」

「みたいだね。じゃあミィカ、少し話をしない？　最近あまり話せてない……というか、思い返すと君と2人だけで話をした事ってほとんど無かったし」

そう、あれからレーヴェは毎日忙しそうにしてる。

具体的にどう忙しいのかは知らないけど、ご飯の時とかにちょっと顔を合わせる程度の日が続いてる。代わりにリュミアと一緒の時間が増えた。

「時間も時間だしそんなに話せないと思うけど、これから先の事を考えてちょっと君に訊きたい事もあってね」

「訊きたい事……ん、わたしもある。あなたに」

「そっか。じゃあそちらからどうぞ?」

掌をミィカに向けて促《うなが》すレーヴェ。

この思いをどう言葉にするか少し迷ったが、直球で訊く事にした。

「どうして、わたしを助けてくれたの?」

レーヴェのにこやかな表情に、少しだけひびが入った。

助けて貰った側なのに、生意気な事を訊いてる自覚はある。

それでも、気になってしょうがなかったんだ。

「あなた、大怪我《おおけ が》した。それでもわたしを助けようとしてくれた。初めて会ったのに。どうして、そこまでしてくれたの?」

「……んー」

真剣《しんけん》に考えこんだレーヴェの次の言葉に、ミイカは呆気《あっけ》にとられた。

「何となく、かな」

「何、となく……？」

「いや、ちょっと表現が良くないね。でもどう言えば……」

その様子は冗談とかには見えない。沈黙《ちんもく》が部屋の中に広がった。

「もちろん、君が〝灰色〟だと分かったから、っていうのは大きな理由の1つだよ。本当に嬉しかった」

「…………」

それはわたしも、と言いたかったけど、少しだけ気恥《きは》ずかしくてミイカは口を噤《つぐ》む。

「けど、それ以上に衝動的に動いた部分も大きくてさ。君を助けたい、助けなければ、って理屈《りくつ》じゃなく本能で感じたというか。あと、他には……」

「……他には？」

「あぁいや、何でもない。とにかく、自分でも上手《うま》く説明しきれないんだ。結果的に、その行動に全く後悔《こうかい》は無いって胸を張って言えるんだけど」

「………、そう」

納得《なっとく》出来るような出来ないような。本音を言えばもう少し問い質《ただ》したいところだったけど、やっぱりレーヴェを困らせたくないのでぐっと堪《た》えた。

「あなたは、何を訊《き》きたいの？」

ミイカが尋《たず》ねると、レーヴェは少し逡巡《しゅんじゅん》したようだった。

「あー……ええと、自分から言っておいてアレだけど、ちょっと君に不快な思いをさせるかもしれない」

「いいから」

それに答える事で、少しでも彼《かれ》の役に立てるなら。

レーヴェはやっぱり躊躇《ためら》い気味に口を開いた。

「その……隠《かく》れ里《ざと》での暮らしについて、訊きたいんだ」

「ん」

正直、予想は出来ていた。彼は出会ってからずっと、そこに触れないように必死に気遣《きづか》ってくれている感じがあったから。

ミイカにとっても思い出すのはまだ辛《つら》い。けど、いつまでもそんな事を言ってはいられないし、気持ちの整理を付けるには丁度いい機会かもしれない。

「けど、話せる事なんてあんまり無い。わたしは〝灰色〟として、お母さんはわたしを生んだ魔女として、嫌《いや》がらせをされてた。それだけ」

本当に、それだけなのだ。細かい事を話すなら他にもあるけど、里での思い出を語ろうとすると8割近くはそんな話になってしまう。

レーヴェは悲しそうな顔になりながらも続けた。

「じゃあ……お母さん自身は〝灰色〟じゃなかったんだと思うけど、〝灰色〟について何か言ってた？」

「……〝灰色〟は人間よりもたくさんのお友達を作れるって。だから悪い事なんかじゃないって」

思い返せば、〝灰色〟について心ない言葉を浴びせられた後にはいつも、こう言ってくれてたっけ。慰《なぐさ》めとも現実逃避《とうひ》とも取れる……けど、気持ちは楽になった。

「たくさんの友達……獣《けもの》や魔獣と、か。良い言葉だね」

「あなたは〝C《シー》〟で暮らしてきて、どう思ったの？　〝灰色〟なのは、悪い事？」

「僕が、か……あまり気分のいい話じゃ」

「いいの。聞かせて、欲《ほ》しい」

オニキスの瞳で真剣な眼差しを向けると、レーヴェは何かを思い出すようにあさっての方向を見やった。

「……〝C《シー》〟が力ずくで捕獲《ほかく》した闘技《とうぎ》試合用の魔獣はすごく気が立ってて、まともに会話するのも難しいんだ。僕が〝灰色〟な事に興味を持ってくれる事があっても、結局殺し合いは避けられない。自分を捕《と》らえた〝人間〟側だから、って言ってさ」

一時期頑張ったんだけどね、と寂しそうに笑う。

「殺し合う相手なんだから、って闘士生活が長くなる中で割り切るように努力したんだけど……死《し》に際《ぎわ》の〝声〟とかを聞いちゃうと、今でもちょっと辛いかな」

「……そう」

闘技場《じょう》は、魔獣と友達に、なんて言ってられる甘《あま》い場所じゃない。

頑張って話《はな》し掛けても応えて貰えず、生きる為《ため》に殺すしかないその心情を思うと、心臓がきゅっと締《し》め付けられた。

「僕はね、〝灰色〟よりも〝魔女〟の方が危険な存在だと思ってたんだ。〝意思疎通《そつう》〟よりも〝使役《しえき》〟の方が人間にとって危険だし、実際〝上〟も魔女を目の敵《かたき》にしてる」

レーヴェは腕を組み、1つ1つ噛《か》み締めるように言葉を紡《つむ》ぐ。

「でも、今回の件でちょっと認識《にんしき》が変わった。むしろ〝灰色〟の方が重要視されているような……だけど、それにしては〝灰色〟の扱いが雑なようにも感じられる」

彼はきっと、遥《はる》か先の事まで考えている。毎日襲《おそ》ってくる〝普通〟の波に押《お》し流《なが》されないようにするので精一杯《せいいっぱい》の自分とは大違《おおちが》いだ。

「捕《つか》まったら基本的に処刑《しょけい》される魔女と違って、僕は〝上〟に管理されながらも自由を許されてた。まるで何かを試《ため》されているような……」

「試、す……？」

「うん……ってごめん。今のは全部憶測《おくそく》だから話半分で聞いてね」

〝灰色〟が、試されている？　何を？　どうして？

もしかして、それが理由で隠れ里は襲われた？　お母さんは殺された？

（……〝灰色《わたし》〟の、せいで……？）

思い当たってしまったその可能性を、ぶんぶん頭を振って追い払《はら》う。黒い髪《かみ》からふんわりと甘い香りが漂《ただよ》い、鼻孔《びこう》をくすぐった。

「大丈夫？」

と、俯《うつむ》くミイカを気遣ってかレーヴェが言う。慌《あわ》てて顔を上げた。

「う、うん。大丈夫、だから」

「そう。ならいいんだけど……えっと、今日は話してくれてありがとう。それじゃあ、僕はそろそろ戻るね」

「あ……うん」

ドアに手を掛け、レーヴェは振り返りながら言った。

「まだ慣れない事ばかりだろうし、不安もあると思う。でも、君はリュミア達と仲良くなったし一応ソフィーも頼《たよ》れる時は頼れる。勿論《もちろん》、僕も君の味方だ」

そして彼は笑う。あの日、自分も〝灰色〟だと嬉《うれ》しそうに告げた時と同じ笑顔《えがお》。

「君は1人じゃない。一緒《いっしょ》に頑張ろう、ミィカ」

「……うん」

ありがとう。気恥ずかしさでそれが声にならなくて、少し申し訳ない気持ちになる。

「それじゃ、おやすみ。ミィカ」

「……ん。おやすみ、レーヴェ」

にこりと笑顔を残し、彼は部屋を後にした。足音が次第に遠ざかっていく。

「……一緒に……」

独りごちたミィカは鍵を掛け、ゆっくりとベッドに体を横たえた。

自分は今、〝C《シー》〟で監視《かんし》される……という名目でレーヴェ達に保護されている。リュミア達とも仲良くなれた。

少しずつだけど〝普通〟に慣れていっている。良い事、のはず。

他に望む事があるとすれば……レーヴェに迷惑《めいわく》を掛けたくない。レーヴェに傷ついて欲しくない。

そして……もっと、レーヴェと仲良くなりたい。

「……明日、頑張って話し掛けてみよう、かな」

お出かけとやらはレーヴェも一緒みたいだし、機会はたくさんあるはず。今まではレーヴェに話しかけて貰うばかりで、こちらからは何も出来なかったし。

そうだ、それがいい。そうしよう。温かな気持ちが血流のように体を巡《めぐ》っていく感じがして、とても心地《ここち》よい。

(どんな事を話せば〝普通〟なのかな……？　リュミアみたいな感じ……は多分無理、だよね。じゃあどんな感じで……)

早く寝ないとダメ。そんな焦《あせ》りとは裏腹に、次々と湧《わ》き上がってくる想像の波が心を昂《たかぶ》らせ、しばらく眠《ねむ》れなかった。

◆◆◆◆

本来、見習い闘士《ファイター》は〝C《シー》〟から外出する事が許されない。

過酷《かこく》な環境に音を上げた闘士達《とうしたち》の逃走《とうそう》を防ぐ為の風習の名残《なごり》であり、血の気の多い闘士が街の人間と頻繁《ひんぱん》に諍《いさか》いを起こした過去から学んだ対策でもある。

だが、抑《おさ》えつけるばかりでは反発が起きてしまう。そこで、闘士が自由に街に繰《く》り出しても良い日が月に一度、折衷案《せっちゅうあん》として設けられた。

「そして、今日がその〝安息日《パストラーレ》〟なわけです！　準備は万全《ばんぜん》ですね⁉」

「……うるさい、あなた」

普段《ふだん》からうるさい子だけど、今日はそれ以上だ。ミィカは寝ぼけ眼《まなこ》をこすりながら唇《くちびる》を尖らせる。と、レイスがいつもの無表情で言う。

「リュミアがうるさいのは誰《だれ》もが知る事実。言っても無駄《むだ》、無視するべき」

「無視はやめるです！　なんかこう、居た堪《たま》れないじゃないですか！」

「……あなた、無視しても構わず話しかけてくるでしょ」

「無視されたからって黙《だま》り込んだら、負けた感じがするじゃないですか！」

じゃあ別に無視しても問題無い気がするのだけど。大食堂へと向かう道すがらそんな事を話しながら、小さく溜息を吐《は》く。

最近、朝食をリュミアと取る事が増えた。いや、朝食だけじゃなく昼も夜も、リュミアが訓練や試合じゃない時はほとんど一緒にいる気がする。

騒《さわ》がしいけど自分の事を友達だと思ってくれるのは嬉しいし、口うるさいけど一緒にいるのはイヤじゃない。

少なくとも、隠れ里にいた頃《ころ》と比べれば、楽しい。

「あ、メルヴェイア先輩《せんぱい》！　おはようございますです！」

と、目ざとく彼を見つけたリュミアが小走りで駆《か》け寄っていく。

「うん、おはよう。レイスに、ミィカも」

レーヴェは順番に言葉を掛け、ミィカの前で中腰《ちゅうごし》になった。

「昨日はよく眠れた？」

「……うん」

ちょっとだけ、嘘。

「そっか、良かった。今日はたくさん息抜《いきぬ》きしてね」

「む〜、先輩？　今日はこの間の訓練の埋《う》め合わせでもあるのですから、私の事も忘れないで下さいです！」

「はは、勿論だよ」

安息日《パストラーレ》。追悼式《レクイエム》と同じく、闘技試合が1つも組まれない日だ。

生活必需品《ひつじゅひん》は〝C《シー》〟でも売られているが、これも昔からの風習で娯楽品《ごらくひん》の類は一切扱《いっさいあつか》われていない。なので安息日《パストラーレ》は、年齢的《ねんれいてき》にはまだ子供でしかない見習い闘士《ファイター》がそういったモノを買い漁《あさ》る為の日だと言って良い。

「先輩、話すのは朝ご飯を食べながらでも出来る。早くしないと……出遅《でおく》れる」

「そうだね、ごめん。でも、あまり食べすぎないようにね？」

「勿論です！　大食堂の量で攻《せ》めてくる感じも嫌《きら》いじゃないですが、街で食べるご飯の美味《お》しさには敵《かな》わないですから……分かったですね、ミィカさん。いつもみたく考え無しに食べたら後悔するですよ？」

「……あなたにだけは言われたくない。いつもわたしの3倍は食べるくせに」

「わ、私は成長期なのですから仕方ないのです！」

顔を真っ赤にして反論するリュミアを無視して大食堂の中に。

そうやって食べまくるから無駄に胸が大きくなるんでしょ。そう思ったけれど、本人は最近ソフィーネやレイスに胸の事をいじられまくってうんざりしてたので、言わないであげる事にした。

〝うん、今日も美味しかった〜！〟

肩《かた》の上でリアが満足げに笑う。色んな種類の魚料理を持ってきてあげているけど、本当に食べる事を楽しんでいるみたいだ。

幸せそうに肉球でひげを撫《な》でている姿を見るとこちらも笑《え》みが浮《う》かんでくる。

「〝C《シー》〟に戻《もど》ってくるまで食べられないけど、満足？」

〝うん！　ミィカも美味しいモノたくさん食べてきなよ〟

「ありがと」

今日街に出るにあたって、リアは基本的に外に出てこない事にした。これまでも影の魔獣《ディム》だと気付かれはしなかったけど……念《ねん》の為、だ。

いつもはミィカの身に少しでも異変が起きたら反射的に、リア自身の意思で飛び出してくれる。だけど今日は、ミィカが呼び掛けない限りは届かない〝精神の沼《ぬま》〟の奥底に沈《しず》んで眠っててもらう。

「さて、みんな準備はいいかな？」

食事を終えて大食堂を出て、共用棟の入口前でレーヴェが振《ふ》り返る。

共用棟は〝C《シー》〟とアイレムの街を繋《つな》ぐ出入り口、正規の玄関《げんかん》だ。平時に許可を得ていない見習い闘士《ファイター》がここを潜《くぐ》ろうとすると、黒ピアスが警告してくるらしい。

「はい、大丈夫です！」

「こっちもオーケー」

「……うん」

リユミアとレイスはいつの間にか上着を羽織っていた。〝C《シー》〟の建物の中は魔術具と呼ばれるモノで常に同じ温度に保たれているので問題無いが、外出するとなると流石《さすが》にいつもの服装ではいられないらしい。特にリユミアは。

三様の答えを聞き、レーヴェも1つ頷《うなず》く。

「今日は行き先を3人に決めてもらうからね。店によっては僕は外で待つ事になると思う。基本的に僕は付いていくだけ、って思って」

「えー!? 何ですかその引率《いんそつ》の人みたいな感じ。一緒に楽しむですよ!」

「いやいや、年下の女の子3人と一緒に買い物っていうのはちょっと。女性向けのお店だってあるだろうし」

「……先輩。顔、赤い?」

「からかわないでレイス。慣れてないんだって、こういうのは」

顔を手で覆《おお》うように隠す。確かにちょっと顔が赤い。初めて見る表情だ。なんて言うか……ちょっと可愛《かわい》い。

「そ、それはまぁいいとして、何か質問はある? 無ければもう行くけど」

「やっぱ引率の人っぽいですね……あ、ええと、1つだけ」

おずおずと挙手したリユミアが、どこか挙動不審《きょどうふしん》気味に辺りを窺《うかが》う。

「？　どうしたの？」

「いえ、その……ソフィーネ先輩抜きでの外出、という事になっているのは分かっているのですが、ホントにいないのかなって」

ここ最近は数えるほどしか出くわしていない同居人の顔が脳裏《のうり》に浮かぶ。そうだね、とレーヴェが返す。

「ソフィーは今日、別件で来られないってさ。純闘士《グラディエーター》資格を取ったおかげで、〝C《シー》〟の外での仕事が出来るようになったからね」

そうなのか。初耳だ……というか、ソフィーネがそういう真面目な話をしてきた事なんて一度も無かった気がする。

ミィカよりも早く起きて、ミィカが寝るよりも遅く帰ってくる、なんて日もあったし、忙しいのは間違《まちが》いないっぽい。

（……そんなに忙しいのに朝のイタズラは絶対に仕掛《しか》けてくるの、何なの？　あの人）

今朝の着替《きが》えで着物の帯が固結びにされていた事を思い出して少しイラッとしたミィカは、ぶんぶんと頭を振ってさっさと忘れる事にする。

「そ、そうですか。それは安心で……いえ、あのソフィーネ先輩の事です。こうやって安心したところにふらっと」

「はいは～い♪　呼んだかにゃ？」

「ぎゃあああああ出たぁぁぁぁああああああ⁉」

がばっと後ろからリュミアに抱《だ》き着いたソフィーネは、その豊満な胸をがしっと鷲掴《わしづか》む。

もにゅ、という音すら聞こえてきそうなほど、指が沈んでいく。

「や、やめるで、んっ……！」

「お、リュミアちゃんってばちょっとエロいぞぉ？　もしかして誘《さそ》ってんのかぁ？」

「巨大化《ヒュージ》をその身《オン》に」

レーヴェが創り出した光の刀身がソフィーネの頭があった場所を貫《つらぬ》く。いち早く避難《ひなん》していた彼女《かのじょ》はにゃははと笑った。

「なぁに怒《おこ》ってんのレーヴェ君？　可愛い後輩《こうはい》ちゃんの巨乳《きょにゅう》っぷりを拝ませてあげたのに……あ、もしかして自分で触《さわ》りたかっ」

「ソフィー、仕事は？　何でまだこんなとこにいるの？」

あ、レーヴェ怒ってる。声の抑揚の無さと、早口の感じで大体分かる。

ソフィーネも感じ取ったか、両手を上げて降参のポーズ。

「ったく、あんた達は街に繰り出して、りじちょーも首都《ラインハート》に遊びに行っちゃってさぁ。あたしだって少しくらい息抜きしたってバチは当たらないっしょ？」

「……仕事は仕事、お金を貰ってるんだからちゃんとして。それに理事長がラインハートに行ってるのも遊びじゃないから。普段は残念な人だけど、たまには仕事するんだよ」

「にゃはっ、フォローに見せかけて辛辣《しんらつ》ぅ！」

全く反省の見えない陽気な声で言い、底意地の悪そうな笑みでこちらを見る。

「んじゃ行くかぁ。そっちも楽しんでくるんだぜぃ？　後輩《こうはい》達♪」

「ん。先輩も仕事、気を付けて」

「……さっさと行ってしまいやがれです」

小さく手を振るレイスの陰《かげ》で、涙目《なみだめ》で胸元《むなもと》を覆い隠しながら呪詛《じゅそ》のように呟《つぶや》くリュミア。

そんなにイヤなのか。……よく分からない。

「あ、魔女っ子ちゃん？　あんたのはまだまだ揉《も》むに値しないから、たくさん食べて大きくなるんだぞ♪」

……訂正《ていせい》。ちょっとだけ、気持ちが分かった。多分、リュミアの味わった屈辱《くつじょく》とは別方向の屈辱だけど。

「リア、引っ掻《か》いてきて」

〝ヤダ！　ボクは今日、お魚食べて幸せな気分で夜まで眠るの！〟

そう叫《さけ》んで跳《と》び降りたリアは、あっという間に黒い泥《どろ》となって地面に融《と》けていった。いくじなし。

「にゃはっ、それじゃあまた、ね？」

街の方へと歩いていくソフィーネ。その後ろ姿を見やっていたレーヴェは、ぱん、とその場の空気をリセットするかのように手を叩《たた》く。

「あれはただの嵐《あらし》。嵐が過ぎ去っただけだから、忘れよう」

ミィカ達は何も言わず、ただ頷き合った。そうだ、忘れよう。

「じゃ、行こうか」

「はい！　ミィカさん、はぐれないように気を付けるんですよ！」

「……むしろはぐれそうなのはあんたの方。はしゃぎすぎ、ガキか」

「ええ、ガキで結構ですとも！　ほらミィカさん」

「引っ張らないで。鬱陶《うっとう》しい」

「鬱陶しいはひどくないです⁉」

ころころと表情が変わる。ホント、いつもと変わらない。

結局手を引かれたまま、ミィカは小走りで〝C《シー》〟の外へと足を踏《ふ》み出す。冬の冷たい空気が一気に押し寄せてきて、少しだけ身震《みぶる》いした。

◆◆◆◆

ミィカに街を案内する、という名目でアイレムをぶらぶらした後に入ったその店は、どうやら〝オシャレな店〟らしい。

色んな料理をたくさんの客に提供しているそこは、テーブルや椅子《いす》、照明や窓に至るまで様々な装飾《そうしょく》が施《ほどこ》されているのが分かる。

とは言え、自給自足が基本の隠れ里では、店、という概念《がいねん》が無かった。なので、そこがオシャレかどうかなんてよく分からない、というのが本音だ。

終始浮かれっぱなしのリュミアの反応を見るに、年頃《としごろ》の女の子はこういうとこが好きなのは物凄《ものすご》く伝わってくるけど。

「私は思うのですよ。〝C《シー》〟の食堂のラインナップ、もう少しどうにかならないか、と！」

「そうは言っても、食えれば何でもいい、ってヤツの多い〝C《シー》〟で凝《こ》った料理出してもしようがないし」

「そこを何とかですね。日替《ひが》わりでメニューが変わるとは言っても、何年も毎日のように食べてたら流石に飽《あ》きが来るですよ。せめてメニューを増やす努力くらい……」

「食堂のメニューが貧相《ひんそう》だからこそ、街に出てこういう店で食べる事に意味が出来る」

〝C《シー》〟では見た事も無く、名前を聞いてもよく聞き取れなかった料理を貪《むさぼ》りながら、リュミアとレイスは侃々諤々《かんかんがくがく》と議論を交《か》わしている。リュミアの口調は怒ってるようにも聞こえたけど、顔はずっと笑っていた。

見下ろすと、〝C《シー》〟で食べた事の無いデザートが1つ。つつけばぷるんと震《ふる》えるそれは、甘いようで苦いようで、けどやっぱり甘くて。

(これ、ホント美味しい)

「ミィカさん！　あなたも食べてばかりいないで、この有意義な議論に参加してくださいです！」

「……有意義、なの？」

「です！」

断言された。……何だろう、めんどくさいな。

「ねぇ……食べ、ないの？」

リュミアから逃《に》げるように、ミィカはレーヴェに声を掛けた。

同じテーブルだけど少し遠い場所に座る彼は、喋《しゃべ》りもしないし、表情もどこか硬《かた》い。最初に店の人が持ってきた水を時々飲むだけ。気を張り詰《つ》めてるのは明らかだ。

「そうですよ、メルヴェイア先輩！　一緒にガールズトークしましょうです！」

「食堂メニューの話のどこがガールズトーク？」

「ガールが話せばそれはもうガールズトークなのですよ、レイス先輩！」

「はは……それだとどのみち僕《ぼく》には無理って事になるんじゃないかな？」

少し表情を和《やわ》らげ、レーヴェはこちらを見た。

「僕は大丈夫だからさ。どうか楽しんで」

「………」

黙って頷きかけたミィカだったが、

（……こんなの、良くない）

きっと、レーヴェは周りを警戒《けいかい》してくれてるのだろう。ミィカが少しでも〝普通《ふつう》〟に暮らせるように、頑張《がんば》ってくれてるんだ。

それがどうしようもなく嬉しくて、辛《つら》い。

「……ダメ。あなたも一緒に」

「え？」

全く予想していなかったのか、外に視線を移しかけたレーヴェが驚《おどろ》きを張りつけた顔でこちらを見る。

少しずつでもいい、変わらなきゃ。レーヴェともっと仲良くなる為にも。

「あなたも一緒じゃないと、わたし達は楽しめない、から」

「良い事言うですねミィカさん！　ほらメルヴェイア先輩、3対1ですよ！」

「……そっか。そうだね、ごめん」

そう言ってレーヴェはテーブルの端《はし》に置かれたメニューを手に取った。

「みんなはもうデザートだし、僕はすぐに食べられそうな軽めの物を頼《たの》むよ」

「いえいえそんな、私達はいくらでも先輩が食べ終わるのを待つですよ？」

「待たせるのも待つのも、お互《たが》いに楽しめないんじゃないかな。安息日《パストラーレ》の時間は有限、配分を間違えると後悔するよ？」

ちょっと悪戯《いたずら》っぽく笑うレーヴェ。無理してこっちに合わせているようにも見えたけど、一緒に楽しもうとしてくれているみたいだ。

たった一言二言だけ。それでも正直、口答えしているみたいに思えて恐《おそ》る恐るだった。けれど、ちゃんと届いてくれた。

（良かった……）

ミィカは安堵の溜息《ためいき》をそっと吐《は》く。と、気付けば横のリュミアがキラキラした目でこちらを見ていて。

「先輩がそう仰《おつしや》るならそれでいいんですが……それはそれとして、ミィカさんのデザート、

美味しそうですね？　少しだけもらっちゃってもいいです？」

「……ヤダ」

「ま、まぁまぁそう言わず。ほんの一口だけでもい」

「ヤダ」

それでもなおデザートを侵略《しんりゃく》しようとするスプーンを叩き落とす。レーヴェはそんなミイカ達を見て、嬉しそうに笑っていた。


「あの～、レイスせんぱ～い。まぁだ終わらないですかね～？」

「ちょっと待って。装飾が取れてたり汚れてたりした事が今まで何度もあった。今回こそは全部無事な状態で送ってもらう」

昼食を食べて英気を養ったミィカ達が次に向かったのは、レイスの行きたがってた武具専門の小さなお店。

見習い闘士《ファイター》にとって武具は言うまでも無く重要なので、〝C《シー》〟の中にはそれを取り扱《あつか》うだけでなく特別注文《オーダー》出来る店もある。ソフィーネが愛用する〝七光《ななひかり》〟もその店と共同で開発したモノらしい。

それと比べると街のお店では闘士の実用に耐《た》え得る武具はあまり扱っていない。一般人《いっぱんじん》の護身用、あるいは観賞用として装飾が無駄にゴテゴテしたモノばかりのようだ。

「未《いま》だにちょっと理解に苦しむんですよねぇ。闘《たたか》いの役に立たない武器なんて集めたって邪魔なだけじゃないですか？」

「あんたは何も分かってない。機能美も造形美もそれぞれの良さがある。どっちかしかダメ、なんて考えは古臭《ふるくさ》い」

「ふ、古臭いとまで言われると心外ですが……それなら見た目オシャレで実用性もあるモノを探せばいいのでは？」

「そんなのがごろごろ転がってるわけない。あったとしても、ラインハートの高級店くらい。最高級品をたった1つだけ買うくらいなら、そこそこのモノをたくさん買う」

「そういうモノですかねぇ」

レイスはちょっと武具マニアの気があるらしい。リュミアと話しながらもてきぱきと、買った武具の梱包《こんぽう》方法を店の人に細かく指示している。

闘士が買ったモノは〝C《シー》〟まで送ってもらう事が出来る。限られた外出の中で大量に買い込む者が多い為、安息日《パストラーレ》限定の特別措置《そち》だそうだ。

「はぁ、私達は先に出ましょうか」

「……うん」

痺《しび》れを切らしたリュミアに連れられ、ミィカは古めかしい匂《にお》いの漂う武具店をあとにする。

「あれ……？　雪、ですね」

「……ホントだ」

さっきまでは降っていなかった雪が、はらはらと舞《ま》っている。隠れ里ではわりとよく降っていたので珍《めずら》しいわけでもないが。

「ついさっき降り出したんだ。勢いも少しずつ強まってるし、積もるかもね」

先に外に出ていたレーヴェが手のひらで雪をすくい上げる。彼の灰色の髪にも雪が纏《まと》わりつき、すぅっと融けて消える。

「ってこれ、初雪じゃないですか！　あはは、わくわくしちゃいますね！」

「……何で？　別に雪なんてどこにでも降る」

「可哀想《かわいそう》な人を見る目はやめるです！　どうせ雪なんかではしゃいじゃうようなガキですよ私は」

拗《す》ねちゃった。別にそんなつもりで言ったんじゃないのに。

雪は眺《なが》めるだけなら好きだ。けど、降り積もった中を出歩くのはイヤ。ベトベトする。

（積もる前に〝Ｃ《シー》〟に帰りた……）

考えかけ、やめる。

人間達の居場所である〝C《シー》〟を、ごく自然に『帰る場所』だと考えた自分への驚き、そしてその滑稽《こっけい》さに、笑ってしまった。

「？　どうかしたですか？」

「うぅん、何でもない」

いいんだ、きっとこれが〝普通〟。それに近づいてるのは良い事じゃないか。

「お待たせ」

「あ、終わりましたか。それじゃ次は私ですね！」

レイスが出てきたところで4人が集まり、リュミアが音頭《おんど》を取る。

ミィカの行きたい店も尋ねられたけれど、そんな〝普通〟はまだよく分からないのでパスした。レーヴェもパスしたので、後はリュミアの行きたい店だけだ。

「実はですね、新しい服を買いたいのです」

「？　タンクトップなんて〝C《シー》〟にいくらでも売ってるけど」

「タンクトップだけの女みたいに言わないで下さいです。さっきのレイス先輩の話と似てるんですけど、最近闘士専門の服屋さんが出来たみたいなんですよ」

「闘士専門の、服？　何それ」

「なんでも実用性とオシャレを兼《か》ね備《そな》えた服を扱ってるそうですよ。今までは動きやすさを重視してタンクトップでしたけど、そこならもっと良い感じの服が見つかるかな、と思いまして」

と、レーヴェが思案顔になって言う。

「……闘士専門の服飾店《ふくしょくてん》、って事は安息日《パストラーレ》にしか客が来ない事になると思うけど、店としてやっていけるのかな」

「う、それは盲点《もうてん》でした。そこに気付くとはさすがメルヴェイア先輩。となると、尚更潰《なおさらつぶ》れる前に行かないとダメですね！」

……今から行こうとしてるお店を潰《つぶ》れる前提で考えるのは、多分、いやきっと失礼な事なんじゃないだろうか？

そんな事を思ったミィカだったが、めんどくさかったので特に指摘《してき》はしなかった。

「で、折角《せっかく》なので男性目線の評価も欲しいのです！　たっくさん試着するつもりなので期待してますですね？　メルヴェイア先輩！」

「うーん、正直ファッションには疎《うと》いんだけど……僕で良ければ喜んで」

笑って頷くレーヴェに、小さくガッツポーズをするリュミア。レイスがぼそりと言う。

「なるほど。で、事故を装《よそお》ってそのバカでかい胸で誘惑《ゆうわく》を」

「ち、違《ちが》うですし！」

真っ赤になって怒鳴るリュミア。の割りにはちょっと挙動不審にも見えるような。

（……そっか。リュミアってレーヴェの事が好きなんだっけ）

訊いてもいないのに向こうから教えてくれた。何でそんな事をわたしに、って訊いたら、ちょっと牽制《けんせい》しただけ、とかわけの分かんない事を言ってたけど。

人を好きとか嫌いとか、よく分からない。だって、お母さん以外には嫌われた事しかなかったから。

「ほ、ほら！　いいから行くですよみなさん！」

「はは、雪で滑《すべ》ったら危ないよ？」

焦った様子で走り出したリュミアの後を追うレーヴェ。レイスもそれに続くのを見やりつつ、何となく思う。

（あれくらいくるくる表情が変わる明るい子の方が、男の人は好きなのかな）

……よく、分からない。

ミィカは頭を振り、早足で3人を追いかけた。

「……ふふふふ」

「にやつくな、気持ち悪い」

「ひどい！　別にいいじゃないですかこれくらい！」

レイスに抗議《こうぎ》したリュミアの頬《ほお》がまただらしなく緩《ゆる》む。……うん、確かにちょっと気持ち悪いかも。服飾店を出てからずっとこの調子だ。

この後は帰るだけだから、と長めに滞在《たいざい》した事もあって、雪を吐き出す分厚い雲の隙間《すきま》から差し込《こ》む陽の光はすっかり夕色になっていた。

通行人もまばらで、特に闘士らしき姿はほとんど見当たらない。

「いやぁ、ホントに良い品揃《しなぞろ》えでした！　行って正解でしたね」

「……さっき、潰れる前に行くとか言ってた」

「そ、それはそれです！　あのお店は絶対に潰しちゃいけません！　知り合いの闘士に片《かた》っ端《ぱし》から宣伝して得意客を増やしていかないとダメですね」

「知り合い？　……リュミアに？」

「いますよ知り合いくらい！　レイス先輩は私を何だと思ってるですか」

怒ってるようで、やっぱり笑ってる。それだけ満足のいく買い物が出来たから？　それとも試着をレーヴェに見て貰《もら》えたからだろうか。

ミィカから見てもその店は、何というか凄《すご》かった。何が凄いって店員の熱量？　みたいなモノが。

店自体はそこまで広くも無く店員も3人しかいなかったけど、ミィカが店に足を踏み入れた瞬間《しゅんかん》、その全員が叫んだのだ。振袖《ふりそで》だ！　と。

どうやらミィカが〝着物〟だと思っていたのは細かく分けると〝振袖〟という名前らしい。袖がだらっと垂れ下がってるのが特徴《とくちょう》で、ちょっと特別なモノとの事。

店員達は服に関する造詣《ぞうけい》が深く、振袖の話から始まり、髪飾《かみかざ》りの名前が〝かんざし〟という事とか、色々と話してくれた。それはもう饒舌《じょうぜつ》に。

「けど、店長さんはあの人達よりも服に詳《くわ》しいって、どんな人なんですかね？」

「新しい仕入れルートを確立する為に国外に出てる、って言ってたっけ。自らそんな事をするなんて、並々ならぬ情熱を持ってる人なのは確かだね」

それより、とレーヴェがミィカを見る。

「大丈夫《だいじょうぶ》だった？　途中《とちゅう》、ちょっと様子がおかしかったけど」

「あ、その振袖をどこで手に入れたのか訊かれた時ですよね。しどろもどろというか」

「……隠《かく》れ里《ざと》にたまに来てた行商の人間から買ったモノだから」

万が一にも、魔女《まじょ》だと気取られるような発言をしてはいけないと言葉を選んだ結果、何も喋れなかっただけ。それを聞いて、2人は安心したように笑った。

綺麗《きれい》な柄《がら》、独特な形。たまたま安く仕入れたけど、レムディプスには着物の文化が無いから中々売れない。その行商の人間はそう嘆《なげ》いていた。

（でも……わたしが『すごく綺麗』って言ったら、お母さんが頑張って手に入れてくれた）

向こうもかなり安くしてくれたみたいだけど、こつこつと育てて溜《た》め込んでた作物をほとんど手放さないと交換《こうかん》してもらえなかった。

「ボロボロで大きさも合ってなかったから、一年くらい掛《か》けてお母さんが直してくれた。わたしが着られるようにって」

しばらくご飯の量が減っちゃったのは悲しかったけど、『もう少しでもっと綺麗で可愛くなったミィカが見れるね』って笑うお母さんはすごく幸せそうだった。

そんなお母さんが見られて、嬉しかった。

「なるほどね。かんざしもその時に？」

「うん……おまけで貰ったって」

お母さんは、もうこの世にいない。でもこの振袖を纏っていると、お母さんが傍《そば》にいてくれている気がして。

ずっと着る。これまでも、これからも。だから今日、いくつか試着はしても新しい服を買いたいとは全く思えなかった。

振袖の話が一段落したところでレーヴェが手を打つ。

「さて、と。そろそろ〝C《シー》〟に戻った方が良いかな？　雪も少しだけど積もり始めてるし」

「ですね。ふふふふ、戻ってる頃にはもう届いてるですかね……ってミィカさん！　あなた何で裸足《はだし》なんですか⁉」

「……あ。ホントだ」

全然意識してなかった。隠れ里ではこれが普通だったから。

振袖とかんざしを手に入れた時、これまた独特な形状の履《は》き物も一緒に貰った。けどそれはあまりミィカの肌《はだ》に合わず、結局それまでと同じように裸足で生活していた。〝C《シー》〟で暮らし始めた時、生活に必要だからと揃《そろ》えて貰ったモノの中に靴《くつ》もあって。それを無視するのも悪いから履いていたのだけど、試着の時に脱《ぬ》いでから履き直すのを忘れてしまっていた。

「うう、雪の上から直にとか見てるだけで寒い……それに痛そうです……」

「……魔力《まりょく》で足を覆ってるから。暑くも寒くも痛くもない」

「魔力って事は、リアを纏うあの術式……纏化《ドレス》だっけ？　その応用かな、すごいね」

「別にすごくなんてない。慣れてるだけ」

本当にすごいのは、命懸《いのちが》けで自分を護《まも》ったお母さんや、護ろうとしてくれたレーヴェみ

たいな人の事だ。弱くて、何も出来なかった自分なんか……、
暗い思いが頭の中を渦巻《うずま》いて、きゅっと拳《こぶし》を握《にぎ》り込み、俯《うつむ》く。

「それはそれとして、じゃあ靴はどこに行ったんですかって話ですよ」

「……多分、店の中のどこか」

「まぁそうでしょうね。メルヴェイア先輩、ちょっと私とミィカさんで探してくるので少しお待ちいただ」


うううううううううううううううううううううううううううううう!!!


リュミアの声を容易《たやす》く掻《か》き消し、雪雲を吹《ふ》き飛ばさんばかりの勢いで降り注ぐ音。思わず耳を塞《ふさ》ぐミィカだったが、レーヴェ達は慣れたものとばかりに辺りを警戒し始める。

やがて、轟音《ごうおん》はあっけなく消え去る。ミィカは耳から手を離《はな》し、

「え……っ⁉」

「な、何……？」

その手をレーヴェが掴《つか》んで走り出す。リュミアとレイスも、同じように走り出していた。

「緊急警報《アラート》だ！　説明は走りながらするから、とにかく〝C《シー》〟へ！」

その様子から、普通じゃない事が起きてるのはすぐに分かった。

大通りに出ると、街の人達も明らかに色めきたっていた。と、その多くが空を見上げていて。

ばさっ！　と大気を震わせながら、雪の舞う薄暗《うすぐら》い空を縦横無尽《じゅうおうむじん》に翔《かけ》るそれ。

「怪鳥《かいちょう》⁉」

「しかもこんな大群……！」

毒々しい紫《むらさき》と緑の入り混じった体を持つ巨大《きょだい》な鳥。確かに、多い。見えているだけでも数十羽《わ》はいるだろう。

彼《かれ》らは悠然《ゆうぜん》と空を舞い、思い思いに奇声《きせい》を喚《わめ》き散らす。そして獲物《えもの》を見定めたのか1羽、また1羽と街に降りてくる。人々の悲鳴が膨《ふく》れ上がり、逃げ惑《まど》ってパニックになっていく。

「くそっ……リュミア、ミイカを〝C《シー》〟まで任せていいかい？」

「え？　でも私は」

「ミイカは〝C《シー》〟が保護している。扱いとしてはあくまでも一般人だ、問題無い！」

「あ……そ、そうですね！　はい、お任せくださいです！」

拳にグローブを装着しながら、リュミアは気炎《きえん》を上げた。頷いたレーヴェは次にレイスを見やる。

「レイス、君は街で避難誘導《ひなんゆうどう》を」

「分かっ、先輩《せんぱい》上っ！」

「っ、巨大化《ヒュージ》をその身に《オン》！」

レーヴェは巨大化短剣《ヒュージダガー》を創り上げて振り上げる。それは急降下した怪鳥の鉤爪《かぎづめ》と交錯《こうさく》し、ぎゃりっ！　と耳障《みみざわ》りな音。すぐに怪鳥は空へと逃げていく。

「あの怪鳥、他の個体よりも大きい……僕はアレを追う！」

巨大化短剣《ヒュージダガー》に浮遊《フロート》の術式を重ね、その刀身に飛び乗るレーヴェは、ミィカににこりと笑いかけた。

「すぐに終わらせるから、待ってて」

「あ……その、気を、付けて」

まだ少し頭が混乱してはいたが、ミィカはやっとの事で言葉を絞《しぼ》り出した。

「この子達、聞こえない、の。だから……」

「うん、僕もだ。分かってる」

そう言い残し、レーヴェは怪鳥を猛《もう》スピードで追いかけていく。と、今度はリュミアがミィカの手を取った。

「先輩なら心配いらないです！　あなたは自分の事だけ心配してろです！」

「……うん。〝C《シー》〟に、戻るの？」

「そうです！　それではレイス先輩、そちらもお気を付けて！」

「ん」

頷き、レイスは背負った斧槍《ハルバード》を軽々と構えながら街を駆《か》け抜《ぬ》けていく。

「分からない事だらけですよね！　説明するので、走るですよ！」

「……うん、分かった」

日の暮れかけた街並みに木霊《こだま》する剣戟《けんげき》の音、あちこちで暴れ回る魔獣、舞う血飛沫《ちしぶき》。

その光景が隠れ里が襲《おそ》われた時の光景と重なって。ミィカは頭を振ってそれを振り払《はら》い、リュミアを追って走り出した。

「街の周囲には魔獣の侵入《しんにゅう》を防ぐ魔術《まじゅつ》の障壁《しょうへき》が常時張《は》られていて、弱い魔獣は絶対に入ってこられませんですが、相手が強力であればある程《ほど》、多ければ多い程、力ずくで破られる可能性が出てきてしまうです」

怪鳥から逃げる人々。怪鳥と闘う、恐らく闘士であろう人々。

それらを横目に、ミィカはリュミアに置いていかれないよう〝C《シー》〟への道をひた走る。

「障壁が破られた時に鳴るのが緊急警報《アラート》。そして、魔獣と闘える力を持つ私達見習い闘士《ファイター》には、緊急警報《アラート》が鳴った時の取り決めがあるんです」

「……魔獣と闘ったり、街の人間を逃がしたり……？」

「大正解です、よ！」

横合いから突進《とつしん》し嘴《くちばし》で襲い掛かってきた小柄《こがら》な怪鳥に、リュミアは拳による裂帛《れっぱく》の一撃《いちげき》をお見舞《みま》いする。怪鳥の嘴が割れ、悲鳴じみた奇声が響《ひび》き渡《わた》る中、リュミアは怪鳥の頭に回し蹴《げ》り。撃退《げきたい》とまではいかなかったが、怯《ひる》んだ隙《すき》にまた走り出す。

「ランク50までの見習い闘士《ファイター》は魔獣と闘う事。ランク200までの闘士は人々の避難誘導に当たる事。だから今、ランク72の私はあなたの避難誘導、という大義名分を得て〝C《シー》〟に向かっているわけです」

「……見習い闘士《ファイター》全員で、の方が良いんじゃ」

「障壁を破る程の魔獣ですからね。下位の闘士じゃ狩《か》られるだけ。中位も危ないですよ」

狩り、狩られる。これは小規模とはいえ、人と獣《けもの》の戦争に違いないのだろう。

（……けど、やっぱり聞こえない。どうして……？）

「こういう時にはたいてい理事長が陣頭《じんとう》指揮を執《と》って、もっと効率的に動けるようにするんですけど、今日はアイレムにいらっしゃらないみたいですし……あ！　ミイカさん、もうちょっとですよ！」

街を回った時とは違う道だったのでどこにいるのか全く分からなかったけど、さすがに分かった。街と〝C《シー》〟の間にある堀《ほり》に架けられた、巨大なアーチ橋が見えてきたからだ。こっちには怪鳥はいないようだ。〝C《シー》〟は目と鼻の先なので、真っ先に撃退したのだろう。

「一気に駆け抜けるですよ！」

「待て、お前達」

と、橋の方から声。

角刈《かくが》りの髪《かみ》が特徴的《とくちょうてき》な壮年《そうねん》の男がいた。……誰《だれ》、だろう。

「あなたは……以前お会いしたですよね？　確か〝懐刀《ふところがたな》〟の」

「レグネア・ヴォロンツ、だ」

重々しい口調で答えた彼は、空を警戒しながらこちらに歩み寄ってくる。その佇《たたず》まいだけでも分かる。きっと、すごく強い人間だ。

「えと、〝懐刀〟の方が何か御用《ごよう》ですか……？」

「私は今、留守にしておられる理事長の代行をしていて、な。〝魔女《ミイカ・ユリリィ》〟の身柄《みがら》を確保し安全な場所に連れていく為《ため》、探知魔術《サーチ》で居場所を探《さぐ》らせてもらった」

「そ、そうなのですか？」

「有事の際はミイカ・ユリリィの保護を最優先にせよ、と。理事長の命、だ」

「理事長の……良かった。これでひとまずは安心ですね」

ほっと胸を撫《な》で下ろすリュミア。ミィカも乱れた息を整える。

今もまだレーヴェは怪鳥と闘っているのだろう。それを思うと自分だけ〝C《シー》〟に逃げるのは心苦しかったけど、足手纏《あしでまと》いになるのはもっとイヤだ。

今自分に出来る事は、一刻も早く安全な場所に逃げてレーヴェを安心させる事。それで、いいんだ。

レグネアが手を差し出す。力強くてごつごつとした手。

けど、レーヴェの手を前にした時のような安心感はなかった。だって、いくら味方であろうと彼は間違いなく〝人間〟なのだから。

(……好《す》き嫌《きら》いなんか、後)

ミィカは少しだけ躊躇《ちゅうちょ》しつつも、彼の手を握ろうと足を踏み出す。

その瞬間だった。

「っ、下がれ!」

「ミィカさん!」

レグネアの警告とほぼ同時、リュミアがぐいとミィカの袖を引っ張った。がくんと後ろに引き寄せられ、眼前を光の弾《たま》がいくつか駆け抜けていく。

「はいは〜い、ちょぉっと失礼しますにゃ〜」

と、甲高《かんだか》い声が弾の飛んできた方から聞こえた。

（……え？　どう、して……）

聞き覚えがありすぎる口調と声。

そちらを見ると、民家の屋根の上に腰《こし》かけた彼女がいて。

「さぁて、楽しい愉《たの》しいお仕事のお時間ですぜぃ？　にゃははっ♪」

ソフィーネ・ラン・ノワールは〝七光《ななひかり》〟の銃口《じゅうこう》をこちらに向け、ネコのように無邪気《むじゃき》に笑っていた。

◆◆◆◆

寒風を切り、宙を翔《かけ》る。怪鳥の巨体《きょたい》へと着実に迫《せま》っていく。

（この動き……やっぱりおかしい）

レーヴェは焦《あせ》っていた。

本当ならもっと早い段階で追いつきたかったのだが、巨体に似合わぬ猛スピード。しかも他の怪鳥をいなしながらの追跡《ついせき》という事もあって、なかなか追いつけずにいた。

と、怪鳥が僅《わず》かにその進路を変えた。その先には、姉弟《してい》と思《おぼ》しき2つの人影《ひとかげ》。

「くそっ……行け！」

遊泳《ダガーサーフィン》する短剣に魔力を込めて撃《う》ち出す。レーヴェを置き去りにする事でそれまでに倍する速度を確保した光の刀身は、瞬《また》く間《ま》に怪鳥の翼《つばさ》に突《つ》き刺《さ》さった。

耳をつんざく奇声を上げて落下する怪鳥。短剣を引き戻《もど》し、レーヴェも後を追う。

怪鳥が落ちたのは街を流れる川の近く。姉弟から少し外れた場所に落とせた事に胸を撫で下ろしつつ、レーヴェが2人の近くに降り立った。

「御無事《ごぶじ》ですか⁉」

「は、はい……ありがとうございます、闘士様」

男の子を庇《かば》うように胸に抱《だ》いていた女性は、寒さで赤らんだ顔でこちらを見てから深々と腰を折る。と、男の子が目をキラキラさせてレーヴェを見上げた。

「すっげぇ……やっぱ闘士ってかっけぇ！」

「はは、そうかい？」

傍《はた》から見ればそう見える事もあるだろう。幼いと言っても男なのだし、力に憧《あこが》れるのも分からなくはない。

けれど、生きる事に困窮《こんきゅう》した者、行き先のない孤児《こじ》の成れの果て。闘士という存在の大半はそんな境遇から生まれるのが現実。

裕福《ゆうふく》であればちゃんとした訓練学校に通い、死ぬ危険の少ない恵《めぐ》まれた環境《かんきょう》で〝兵士〟としての道を歩めばいい。

「なぁなぁ、俺《おれ》もなれるかな？　闘士！」

「うん、きっとなれるよ」

だけど、なっちゃダメだよ。本音を押《お》し隠し、女性に向き直る。

「走れますか？　早く避難《ひなん》を」

他の闘士の活躍《かつやく》もあってか、怪鳥の数もかなり減ってきている。避難誘導の闘士の指示に従えばこれ以上の危険には晒《さら》されないだろう。

「わ、分かりました。ほら行くよ、アウル」

「またな、兄ちゃん！」

こちらにぶんぶんと手を振《ふ》りながら、もう片方の手を引かれていく男の子。女性の方もしきりにこちらを見返していた。

頭を切り替《か》え、怪鳥を改めて見やる。

翼を射貫いた事で飛行能力の大半を奪《うば》えたようだ。巨体を起こした怪鳥は、こちらを警戒するかのように更《さら》に奇声を発した。

通常であれば、ここから街の外まで追い返す事になる。魔獣襲撃《まじゅうしゅうげき》の際には、なるべく殺さずに追い返す事が鉄則とされているからだ。

襲撃《しゅうげき》の度に殲滅《せんめつ》していては、周囲の生態系に影響《えいきょう》を与《あた》えて他の魔獣の暴走を招きかねない。加えて、単純に魔獣の巨大な死体を処理するのに手間が掛かる。

だから、追い払いつつ襲撃の原因、ルートなどを明らかにして対策を練るのが基本。レーヴェも首席見習い闘士《トップファイター》としてそれに倣《なら》うべきなのだが、

「……確かめないと」

この魔獣襲撃は、最初から奇妙《きみょう》だった。

怪鳥はこの辺りではあまり見られない魔獣である事。生態的に、怪鳥は臆病《おくびょう》で人里を襲う事は基本的に無い事。

そして何より、〝声〟が聞こえない《奇声が聞こえる》事。経験上、何かしら魔獣の体、魔力の波長に異常が起きている証左だ。

「はぁぁぁっ！」

巨大化《ヒュージ》×《オン》巨大化《ヒュージ》。顕現《けんげん》するは切り裂く《ギガンテス》巨人《リッパー》。緩慢《かんまん》な動きで逃げようとする怪鳥の頭目掛《めが》けて振り下ろす。

肥大化した短剣の刃《やいば》が怪鳥の嘴と交錯。拮抗《きっこう》する気配すら無かった。半ば予定調和のよ

うに嘴を叩《たた》き割《わ》り、ひしゃげ潰し、そのまま怪鳥の巨体を両断する。

断末魔《だんまつま》を上げる暇《ひま》もなく、断面から大量の青い血を噴《ふ》き出しながら怪鳥は絶命した。

（ごめん……！）

でも今は、時間が無い。レーヴェは生暖かく波打つ青い血を踏《ふ》みしめて死体に駆け寄り、指輪に光を纏わせた。

探知魔術《サーチ》。強化魔術《エンチャント》以外は不得手のレーヴェでも使える簡単な魔術で、相手の魔力に干《かん》渉《しょう》したり、遠く離れた場所にいる人間の魔力を感知する為のモノだ。魔術による通信もこれを用いて相手を指定している。

（……催眠魔術《ヒュプノス》、か）

霧《む》散《さん》しかけている怪鳥の巨体を覆《おお》っていた魔力を探ると、その痕跡《こんせき》が掴み取れた。

相手を眠《ねむ》らせる為の魔術だが、熟練すると相手の意識を奪い、簡単な命令を出して操《あや》る事も出来る。魔力で抵抗《ていこう》されると効果が薄《うす》く、魔力の精密な扱いに長《た》けた人間よりも魔獣相手の方が有効とされる。

その術式が、怪鳥に施《ほどこ》されていた。この分だと他の怪鳥も同様に操られている可能性は十分にある……が、

「わざわざ魔獣を操って街を……反貴族の連中の仕業《しわざ》か？　街に被害《ひがい》を出して貴族の統治

体制に異を唱えて……」

レーヴェはもう一度探知魔術《サーチ》を発動させて怪鳥の亡骸《なきがら》に触《ふ》れる。どんな小さな事でもいい、手掛《てが》かりが掴めれば……、

「………、……っ⁉」

待て……催眠魔術《ヒュプノス》を施したこの魔力の主を、知っている。初めて触れた魔力じゃない。

いや、それどころかよく見知った……！

レーヴェは指輪に光を纏わせ、叫《さけ》んだ。

「この魔獣襲撃、仕組んだのは――――」

◆◆◆◆

「――――ノワール。何のつもり、だ」

レグネアの重々しい声を受けても、ソフィーネの笑《え》みは絶えない。屋根から飛び降り、くるくるとネコのように回転しつつ着地、レグネアと向かい合う。

「何のつもり、って言われてもねぇ。見て分かんないかにゃ？　せんせー」

「貴様……！」

顔をしかめるレグネア。と、

「走って！」

「え？　あぅ……！」

ぐいとリュミアに腕《うで》を引っ張られ、ミィカはたたらを踏んだ。いきなりの事に頭が付いていけず、引かれるままにただただ走る。

そして、レグネアと距離《きょり》を取りつつ走った先には、

「ありゃりゃ、こぉんな怪《あや》しげな登場かましちゃったソフィーネお姉さんのとこに来ちゃっていいんだ？」

ソフィーネがいた。リュミアは少し顔をしかめて返す。

「……普段《ふだん》の言動は頭おかしくても、根はまともな先輩だと信じてるですから」

「にゃははっ、微妙《びみょう》な評価だぜぃ」

おどけて言ったソフィーネは、〝七光《ななひかり》〟の照準をレグネアに合わせた。

「んじゃネタばらし。あたし、今日ずっとあんた達《たち》の事を尾行《びこう》してたの。仕事の一環《いっかん》で」

「尾行……？　どうしてそんな事」

「魔女嫌《まじょぎら》いのヤツら、特にミィカちゃんの事を知ってる専任教師《インストラクター》のバカ共が嫌《いや》がらせしてくる可能性を考えて、かにゃ？　箝口令《かんこうれい》なんて無視しようと思えばいくらでも出来るし」

「……嫌がらせって、何？」

「さぁ？　あたし魔女嫌《バカ》いじゃないから分かんにゃい。んで、息抜《いきぬ》きがてらミイカちゃんを〝C《シー》〟の目の届きにくい街に放り出して、バカが魔女《エサ》に食いつくかどうかを試《ため》してみたってわけ」

淡々《たんたん》と、ミイカにはまったく知らされていない話を続けるソフィーネ。……エサ扱いがすっごいムカつく。

「何も起きないならそれはそれで良し。手を出してくるヤツがいれば首席様《トップ》がぼこ倒《たお》す。あのお優《やさ》しいレーヴェ君が実力行使に出る、って噂《うわさ》が広まればバカも尻込《しりご》みするだろうからなお良し、って感じ」

「で、でもそれ、場合によっては危険な事態になっちゃうんじゃないです……？」

「その為のあたし。お仕事っつったじゃん？　笑えないレベルのバカに目を付けられたらこっちで早めに対処する、って役目。依頼主《いらいぬし》はレーヴェ君ってわけ」

笑ったソフィーネは肩《かた》をすくめた。

「ったくもー、何が悲しくてあんた達がきゃっきゃうふふしてるのを寒空の下、雪払いながら覗《のぞ》き見なきゃなんないんだっつの」

「そ、そんなの私達のせいじゃないですし！」

「そりゃそうだけど。ま、報酬《ほうしゅう》は弾《はず》んでもらったから良しとすっかにゃ～」

さ～てとぉ。気だるげに言うソフィーネ。だがその視線と銃口は話の間も常にレグネアを捉《とら》えていた。

「〝上〟の人間と理事長は〝灰色の魔女《ミイカちゃん》〟よりも〝C《シー》〟やアイレム、住民を優先する、って方針らしいにゃ～。ヤバい状況《じょうきょう》でも助けて貰えないって事はぁ……ん？」

わざとらしく首を捻《ひね》ったソフィーネが笑みを深くする。……なんて悪い顔。

「あれあれ～？　となるとぉ、さっきのレグネアせんせーの言葉、ちょぉっと変じゃないかにゃ～？　アイレムが大変だってのに、魔女っ子ちゃんを追いかけちゃってさぁ」

レグネアはぴくりとも表情を動かさない。だが剣呑《けんのん》な空気を纏っているのは明らかだ。

「ミイカちゃんを最優先に保護、なんて指示をりじちょーが出すはずもないしぃ……さぁて、せんせー？　そこんとこ詳しく……ありゃ？」

ソフィーネの指輪が光る。彼女《かのじょ》がぼそりと何事かを呟《つぶや》くと、

『ソフィー、今どこ⁉』

少しくぐもったレーヴェの声。これ、通話を周りにも聞こえるようにしてる……？

「アーチ橋辺り。そっちは何か分かったかにゃ？」

『この魔獣襲撃、仕組んだのはレグネア先生だ！　怪鳥を操った催眠魔術《ヒュプノス》の魔力残滓《まりょくざんし》を探

ったから間違《まちが》いない！　信じられないとは思うけど……』

　にやり、とソフィーネが口角を上げる。

「いや信じる信じる。ねぇ、せんせー？」

『っ!?　まさかもう……！』

「そ。目的は街の混乱を招く事、ミィカちゃんに近付く名目にする事、それと首席《トップ》のあんたをどうにかミィカちゃんから引き剥《は》がす事、かにゃ？　にしては無駄《むだ》に大掛《おおが》かりというか、見た目によらず派手好きじゃんせんせー」

『くそっ、引き離されすぎた……っ！　すぐ戻る！』

「はいにゃ～」

　ぶつっ、と魔力の流れが断《た》たれる。光の消えた指輪をちらと眺《なが》め、ソフィーネは覗き込むように上目遣《うわめづか》いで笑った。

「とゆーわけでぇ……もーいいや。他に何か言う事あんの？　レグネア」

「ふ……奔放《ほんぽう》な要求《オーダー》にかまけすぎて墓穴《ぼけつ》を掘《ほ》った、か」

　ぶわっ！　とレグネアから魔力の波が湧《わ》き起こる。ソフィーネとリュミアが身構えた。

「さて、仕事中のところを悪いがお前は少々厄介《やっかい》、だ。退場してくれ」

「っ、下がれ！」

ミイカとリュミアを突き飛ばしたソフィーネに、どこからともなく急降下してきた怪鳥数羽《すうわ》が突進する。

〝七光《ななひかり》〟で迎撃《げいげき》するも、怪鳥の巨体は痛みを感じていないかのようにまったく揺《ゆ》らがない。

四方八方からソフィーネの退路を塞ぎ、その鉤爪で彼女を掴んで大空に連れ去った。

「昔から闘《たたか》いは好きだろう？　空《向こう》でじゃれてい、ろ」

「てめっ、レグネアぁ！」

〝七光《ななひかり》〟を乱射するも、やはり怪鳥数羽を一気に倒す事は出来ないようで、どんどん遠くまで運ばれて行ってしまう。

「……時間を稼《かせ》ぐ為、ですね。ソフィーネ先輩を遠ざけ、その間にミィカさんを手中に収める……それにメルヴェイア先輩も間に合わなかったら」

ぶつぶつと呟いたリュミアは、ミィカの前に出た。

「ミィカさん。さっき話してた纏化《ドレス》ってヤツ、今やってくださいです」

「え？　な、何言って」

「いいから早く！　……生身のあなたを護り切る自信、無いです」

レグネアへの警戒心《けいかいしん》を露《あら》わにしたその後ろ姿は、少し震《ふる》えている。

「わ、分かった……リア、来て」

精神の奥深《おくふか》くでのんびりしてるリアを強制的に実体化させる。ふわぁ、と呑気《のんき》に欠伸《あくび》をしたリアはミィカを見上げた。

〝なぁに？　ミィカ。まだ〝C《シー》〟に戻ってな、ってうわぁ⁉　なんかめっちゃ怪鳥が飛んでるんだけど！〟

「ごめん、説明は後。纏《まと》うよ」

〝へ？　わ、分かった！〟

状況が逼迫《ひっぱく》してる事が何となく伝わったのだろう。リアはすぐにミィカの頭に飛び乗り、その体を融《と》かす。

ネコの姿を纏ったミィカをちらと見やり、リュミアは言う。

「……ムカつくくらい可愛《かわい》らしいじゃないですか。後でやり方、教えてくださいです」

「これはわたしにしか使えないから……じゃなくて」

「分かってるです。相手は〝懐刀〟。私じゃ到底《とうてい》勝てないです。〝C《シー》〟まで全力で逃《に》げてください。何とか時間を稼ぐですから」

「……でも、橋の上にはあいつが」

レグネアはアーチ橋を通らせないように陣取《じんど》っていた。剣《けん》を構え、抵抗するなら力ずくで、と言わんばかりに殺気を撒《ま》き散らす。

「どうにか隙を作るです。合図をするので、その間に走り抜けるです、よ！」

言うが早いか、弾かれたようにレグネアに迫るリュミア。疾《はや》さだけで言えばリアを纏ったミィカの方が上だろうが、絶え間なく続く鋭《するど》い拳の連撃は数々の闘いで磨《みが》かれたであろう技が光っていた。

けれど、レグネアには全く通用していない。手にした剣で弾いたり、紙一重でかわしたり、攻《せ》めているリュミアの苦しそうな表情に対してあまりにも涼《すず》し気《げ》だ。

「なかなかやる、な。良い闘士《とうし》になる、ぞ？」

「舐《な》めんなっ、ぶっち殺ぉおっす、です！」

小さく距離を取り、裂帛の気合を込めた右ストレートを叩き込む。が、大振《おおぶ》りで見切り易《やす》かったのか、レグネアは左手でそれを難なく受け止めてみせ、

「お前も退場、だ」

「きっ、ぁ⁉」

振り回され、華奢《きやしゃ》な体が宙を舞《ま》う。リュミアの体は空中を回転しながらアーチ橋から弾き出され、堀へと落下していく。

（そんな……）

「さて……ミィカ・ユリリィ。お前を傷つけるつもりはない。だが、抵抗すればその限り

ではない。大人しく来てもらおう、か？」

リュミアへの視線を切ったレグネアがこちらに歩み寄りながら言う。反射的に一歩退くが、目の端《はし》に回転するリュミアの顔が一瞬《いっしゅん》見えた。

その顔は笑っていて。ただ一言、何かを呟く。

「ぐっ……ぉ⁉」

刹那《せつな》、レグネアの体が炎《ほのお》に包まれた。彼の左腕《ひだりうで》がいきなり爆発《ばくはつ》したのだ。

「これ、は……設置魔術《トラップ》、か……！」

火はすぐに消えたけれど、彼もさすがに無傷ではいられなかったらしい。剣を杖《つえ》のように地面に突き刺し、火傷《やけど》だらけの左手を確認《かくにん》しながら荒《あら》い息を吐《は》き出す。

何が起きたのか、ミィカは正確に把握できていない。けれど、それが彼女の作り出した隙であり、彼女の出した合図だという事だけは分かった。

（ありがとう……リュミア）

後で、絶対に直接お礼を言うから。どぼぉん、という音、僅かに見えた水飛沫《みずしぶき》を置き去りに、ミィカはアーチ橋を駆け抜けていく。

走って走って、走り続けた。

纏化姿《ドレス》に驚《おどろ》いている人間の脇《わき》を抜け、魔獣だと勘違《かんちが》いしたのか武器で牽制《けんせい》してくる人間を跳《と》び越《こ》えて。

ようやく〝C《シー》〟に辿《たど》り着いた。でもまったく心は休まらなかった。

今ここには、レーヴェもソフィーネもリュミアもレイスもマリアベルも、誰もいない。よく知らない人間達ばかり。

今の自分を見て〝人間〟だと思ってもらえるとは、到底思えない。

だから、まだ走った。自分一人の力で逃げ切る為に。

(わたし、何かしたの……？　好きで〝魔女〟や〝灰色〟になったわけじゃないのに)

言っても仕方のない事。産んでくれたお母さんを恨《うら》んでなんかいない。

ただ、理解させられただけ。

結局〝魔女《まじょ》〟である事実と〝灰色〟である現実から逃げる事なんて、出来ないって。

(怪鳥を操って街を襲ったのは、わたしを捕《つか》まえる為……？)

「あっ……う⁉」

暗い思考に埋《う》め尽《つ》くされながらも走る事に集中していたミィカだったが、突然《とつぜん》足がもつれて派手に転んだ。

そこは、闘技場《とうぎじょう》の舞《ぶ》台《たい》の上だった。降り積もった雪が僅かな月明りを反射して輝《かがや》いていて、地面を転がったミィカの振袖《ふりそで》が白く彩《いろど》られていく。

逃げ続けてひたすらまっすぐに突き進《すす》んだ結果、内庭《ガーデン》を抜けてここに辿り着いたらしい。

かつてレーヴェと殺し合ったその場所は、神秘的にも不気味にも見えた。

〝ミィカ！〟

と、地面に浮《う》かび上がった泥溜《どろだ》まりからリアが飛び出す。黒泥《リア》の鎧《よろい》は完全に剥がれ落ちていて、少し擦《す》りむいたミィカの頬《ほお》を優しく舐める。

「リア……どうして、纏化《ドレス》を」

〝わ、分かんないよ！　ボクもいきなり解けちゃって驚いたんだから！〟

（わたしも術式を解いてない……あ、もしかして、指輪……？）

そこでようやく思い出す。監視《かんし》対象であるミィカの行動を縛《しば》る為、この指輪には〝制限〟が付けられている事を。

詳《くわ》しい内容は教えられなかったけど、多分それが原因だ。長時間、魔術を発動し続ける事を抑制《よくせい》している、とかだろうか。

〝それより、いい加減説明してよ！　何があったの？〟

「それは」

「追いついた、ぞ」

（……え、ウソ。もう……!?）

幻聴《げんちょう》だと思いたかった。けれど、鉄格子《てつごうし》の開いた入口からレグネアが入ってくるのが見えて全身の血が一気に冷えていく。

リュミアが最後に仕掛《しか》けた爆発で少し傷を負っているようだが、動きを止めるには程遠《ほどとお》かったらしい。

ゆっくりと歩み寄ってくるレグネアに、後ずさるミィカ。

〝そっか、コイツか！〟

と、ミィカの前に降り立ったリアが毛を逆立てて威嚇《いかく》する。

〝オマエがミィカをイジメてるんだな！　それ以上近寄るな！〟

「影の魔獣《ディム》、か。すまんが、私にはお前の〝声〟が聞き取れなくて、な」

〝近寄るなって、言ってるだろ！〟

構わず歩き続ける彼に、リアは大きく跳び上がって爪《つめ》を振るった。

「……ぁ」

刹那、リアの体が真一文字に切り裂かれ、ネコの体を保てずに黒泥に戻って飛散した。

ぼとりぼとり、地面に落ちたそれらが雪に沁《し》み込《こ》んでいく。ミィカは、その様子を見ている事しか出来なかった。

「私はメルヴェイアのように優しくはない、ぞ」

「リ、ア……リアっ⁉」

ようやく動いた体。僅かに残された黒泥をすくい上げる中、レグネアが幾分《いくぶん》か冷ややかに告げる。

「大袈裟《おおげさ》な事、だ。影の魔獣《ディム》は術者が生きている限り不死身。体が崩《くず》れても時間を置けば再構築できるはずだ、が」

「そんなの、関係ない……！　よくも、よくもわたしの大切な友達を……っ！」

この人間には、絶対に分からない。

どれだけリアの明るさに助けられてきたか。

どれだけリアの優しさに励《はげ》まされてきたか。

「許さない……絶対に、許さないっ!!!」

血が頭に上るような途方《とほう》もない怒《いか》りは、視界すらも赤く染め上《あ》げるらしい。

まるで血に塗《まみ》れたような世界に佇《たたず》むレグネアを睨《にら》み据《す》え、ミィカは怒りのままに殴《なぐ》り掛《か》かった。

「ふむ……どうやら逆鱗《げきりん》に触れてしまったよう、だ」

けれど、レグネアは駄々《だだ》をこねる子供をあやすかのようにミィカの拳《こぶし》をいなした。そして指輪に光を纏わせ、ミイカの眼前にかざす。

（あ、れ……ちから、が……）

「催眠魔術《ヒュプノス》を掛けた。お前は出来る限り丁重《ていちょう》に連れて行かねばならぬので、な」

理事長室で眠らされた時と同じ感覚。どうしようもない眠気《ねむけ》が、それ以上体を動かすなと脳みそを押さえつけている。

「〝灰色〟のお前に平穏《へいおん》が訪《おとず》れる事はない。そしてそれはお前だけの問題でもない。もがけばもがくほど、大切なモノを失いかねん、ぞ？」

（大切な、モノ……お母さん……レーヴェ……）

そんな事、〝灰色〟じゃないお前なんかに言われたくない。

そう叫ぶ自分が頭の片隅《かたすみ》にいる。けれど、抵抗するどころか声を上げる事すら出来ない。どこまでも、無力。

「理解しろ。お前が生きている限り、血塗《ちぬ》られた連鎖《れんさ》は続いていく。それが〝灰色の魔女〟の運命《さだめ》、だ」

（わたしが、生きていたら……運命《さだめ》……）

それを理不尽《りふじん》だと思うよりも先に、納得《なっとく》してしまった。

（……そっ、か……やっぱり、全部、〝灰色の魔女《わたし》〟、の………）

「さて、迎《むか》えだ。一刻も早くここを去るとしよう、か」

閉じかけた視界の中、闘技場の天蓋《てんがい》から降りてくる怪鳥《かいちょう》の姿が見える。

「なっ……!?」

その時、レグネアが焦ったように声を上げた。

最後の力で瞼《まぶた》を持ち上げると、怪鳥の巨大《きょだい》な体躯《たいく》に何かが突き刺さっていた。鈍色《にびいろ》の巨大な剣……いや、短剣が。

（……ごめん、なさい…………）

意識はそこで途絶《とだ》えた。彼《かれ》の叫び声を、おぼろげに聞きながら。

◆◆◆◆

「ミイカをっ、放《はな》せぇぇぇぇぇ!!」

毒々しい巨体から引き抜いた巨大化短剣《ヒュージダガー》の切っ先を真下に向け、落下。今まさに倒れたミイカと、レグネアとの間目掛けて突進を仕掛ける。

「ぬうっ……！」

敵が一歩退いたのを見て、レーヴェもミイカを抱《かか》え上げて距離を取る。巨大化短剣《ヒュージダガー》を宙で回転させて牽制しつつ、彼女の顔を覗き込んだ。

（……催眠魔術《ヒュプノス》か、良かった）

となるとレグネアの目的は彼女を殺す事ではなく、ここから連れ去る事か。

ミイカを地面に寝《ね》かせ、引き戻した短剣を構え直して臨戦態勢に。

「ふむ……お前ならまず、私の目的を聞き出すか停戦の申し出をしてくると思った、が」

「言葉で止まる程度の理由で理事長や〝C《シー》〟に牙《きば》を剥《む》きはしないでしょう」

「そうだ、な」

小さく笑みを漏らし、レグネアもまた剣を構える。

雪の舞う夜空に、沈黙《ちんもく》が張り詰《つ》める。それを破ったのは、遅《おく》れて落ちて来た怪鳥の体。

ずしぃいいいいん！　世界が、震えた。

「全解除《オールリリース》！　複製《レプリカ》をその身《オン》に！」

相手は〝懐刀〟。温存する理由も余裕《よゆう》も無い。

「2つの御印《みしるし》、集い混じりて舞い踊《おど》れ！　浮遊《フロート》をその身《オン》に！」

狂い踊る灰刃の群れ《リベリオンワルツ》。レーヴェの最も得意とする術式。

波状攻撃《こうげき》、広範囲《こうはんい》の掃討《そうとう》などに使いやすく、牽制の意味合いでもたびたび紡《つむ》ぎ上げる
二重強化《ダブルエンチャント》だ。

と、レグネアが短く詠唱《えいしょう》し、彼の眼前に光の膜《まく》が浮かび上がる。

短剣の嵐《あらし》が光の膜に次々と突き刺さり、跳《は》ね返されていく。落下した複製短剣《レプリカダガー》が、次々と光の粒子《りゅうし》へと変わって消えていく。

「数こそ多く派手だが、一発の威力《いりょく》が致命的《ちめいてき》に低い。防御魔術《シールド》で苦も無く防げる……この程度の弱点、言われずとも気付いているだろう、に」

（……並の防御魔術《シールド》が相手なら物量で貫《つらぬ》けるんですけどね）

レグネアは闘士として、バランスが良いタイプだ。マリアベルのように図抜《ずぬ》けた剣技があるわけでもなく、レーヴェのように魔力量に物を言わせた闘い方も好まない。

体術、魔術。それらが最高ではないまでも共に高水準だからこそ、彼は〝懐刀〟として理事長に見出《みいだ》されたのだ。

「さて、反撃《はんげき》といこう、か」

レグネアは魔力を全身に漲《みなぎ》らせて身体能力を強化し、一気に踏み込んできた。急いで巨大化短剣《ヒュージダガー》を紡いで対抗《たいこう》するも、レグネアの剣閃は1つ1つが鋭く、重く、疾い。到底しのぎ切れるものではなく、あちこちから血が流れ落ちる。

（くそ……やっぱり、やりにくい）

その能力の高さが、だけではない。

接近戦を徹底《てってい》されると、そう簡単には強化魔術《エンチャント》を紡ぎ直せない。レーヴェの得意とする闘い方に持ち込めない。

かつての師だからこそ、こちらの苦手な立ち回りも熟知しているのだ。

(出し抜《ぬ》くには、意表を突いた攻撃が必要……先生の知らない術式を！)

レグネアの渾身《こんしん》の突きを辛《から》くも防御《ぼうぎょ》し、その反動を利用して一気に距離を取る。そのまま反撃に……移ろうとした刹那、レグネアの指輪が光っている事に気付いた。

「紅蓮《クリムゾン》の蛇波《ヴァイパー》」

光の中から大量に飛び出す、燃《も》え盛《さか》る蛇の群れ。うねり狂いながらレーヴェを噛《か》み砕《くだ》き、焼き潰《つぶ》さんと迫りくる。

「っ……2つの御印《みしるし》、集い混じりて光の分《わ》け身《み》を！　複製《レプリカ》をその身《オン》に！」

通常の複製《レプリカ》の術式同様、鈍色《にびいろ》の光で出来た短剣が大量に生まれ落ちる。1つだけ違《ちが》うのは、その全てが巨大化短剣《ヒュージダガー》であるという事。

「……あ！」

身《み》の丈《たけ》を超《こ》える大きさの得物が積み上がり、あっという間にレーヴェの周囲に覆いかぶさった。

それらが炎の蛇を受け止める。かなりの衝撃《しょうげき》が襲《おそ》ってきたものの、熱や爆風《ばくふう》をほとんど殺してくれた。

「……なるほど。何をするかと思えば、〝巨大化《ヒュージ》〟と〝複製《レプリカ》〟を合わせて疑似的《ぎじてき》な防御魔術《シールド》を作り出したのか。防御魔術《シールド》を扱《あつか》えないお前ならではだ、な」

くつくつと笑うレグネア。レーヴェは巨大化《ヒュージ》だけを解除しつつ頭を振る。

「〝盾成す矛《ソードシールド》〟……苦肉の策です。防御魔術《シールド》を習得した方が遥《はる》かに魔力消費を抑《おさ》えられますよ」

「無いものねだりなど無意味、だ」

「ええ、心得ています。だから」

複製された短剣に浮遊《フロート》を掛け直す。狂い踊る灰刃の群れ《リベリオンワルツ》。レグネアが目を細めた。

「通じぬ術式で挑《いど》むか。その程度では〝灰色〟の運命《さだめ》に抗《あらが》えぬ、ぞ？」

「……その運命《さだめ》とやらについて問い質《ただ》すのは後にします。通じないかどうかは、その身を以《も》って確かめろ！」

短剣を撃ち出していく。今回は一度にではなく、二陣《じん》、三陣と時間差をつけ、且《か》つフェイントを織り交ぜて。

突撃《とつげき》すると見せかけて迂回《うかい》させ、レグネアの視界から逃げるように上空を旋回《せんかい》させ、じっくりと時間を掛けてレグネアの周囲３６０度、上下左右を包囲するように展開する。

そして、全ての切っ先がレグネアに向き、

「射貫《いぬ》け！」

全方位からの一斉射撃《いっせいしゃげき》。並の闘士であればひとたまりもないだろう。

「ふ……精緻《せいち》な操作が出来るようになったのだ、な」

が、ばきぃん！　と硬質《こうしつ》な音が鳴り響《ひび》き、短剣全てが弾かれた。防御魔術《シールド》の光の膜が前方だけでなく、球状に展開されて全方位をカバーしている。

「だがまだ足りぬ、ぞ。さて、……っ！」

反撃に転じようとしていたレグネアの言葉が、ふいに途切《とぎ》れた。

(気付かれた……けどもう遅《おそ》い！)

短剣が全て弾かれる事は織《お》り込み済み。レーヴェは最後の二重強化《ダブルエンチャント》を詠唱する。

「浮遊《フロート》、解除《リリース》！　２つの御印《みしるし》、集い混じりて巨《おお》いなる恵みを。巨大化《ヒュージ》をその身《オン》に！」

巨大化《ヒュージ》×《オン》複製《レプリカ》。レーヴェがこの術式に付けた名は〝盾成す矛《ソードシールド》〟、ではない。

無数に生まれた複製短剣《レプリカダガー》は今、レグネアの防御魔術《シールド》に弾かれて宙を舞っている。そこから浮遊《フロート》の術式が消され、巨大化《ヒュージ》の術式が付与《ふよ》された。

すると、どうなるか。

「ぬぅおおおあああぁぁぁ！」

宙を舞う短剣全てが、巨大化短剣《ヒュージダガー》へと変貌《へんぼう》。しかも弾かれたが故に切っ先はそれぞれが無作為《ランダム》の方角を指し示し、結果的にレグネアの退路を根こそぎ奪っている。

そして、巨大化《ヒュージ》によって彼の防御魔術《シールド》をぶち抜ける破壊力《はかいりょく》も得た。レグネアは一歩も動けず、剣を振り魔術を詠唱する間もなく、大量の巨大化短剣《ヒュージダガー》によって滅多刺《めったざ》しにされた。

「顕現せよ……〝矛盾の檻《パラドックスジェイル》〟」

それが、巨大化《ヒュージ》×複製《オンレプリカ》の真なる術式。

〝盾成す矛《ソードシールド》〟は開発段階の名だ。傷つける為《ため》の道具である短剣《たんけん》を盾として使う術式なので、1つ見誤れば術者を傷つける諸刃《もろは》の剣《つるぎ》となる事は明らかだった。

それこそ苦肉の策でしか使えない防御魔術《シールド》もどき。ならば〝術者の配役〟を強引《ごういん》に敵に押し付けてしまえば……という発想から導き出した術式だ。

(とは言え、この攻撃は奇襲《きしゅう》が基本。手練《てだ》れが相手ならなおさら、二度目は通用しないだろうね)

レグネアは既《すで》に手傷を負っているようだったし、こちらの力を探《さぐ》るような素振《そぶ》りも見えた。まともに闘えばこうもすんなりとはいかなかっただろう。

だとしても、勝ちは勝ちだ。レーヴェは術式を全て解除し、倒れ伏《ふ》すレグネアに近づく。

全身を貫かれたレグネアの体からどくどくと血が流れ出ている。が、全身を魔力で強化していたからか致命傷《ちめいしょう》には至っていないようだ。

(想定内……何としても先生から情報を引き出さないと)

〝C《シー》〟に牙を剥いてまで、これだけの騒《さわ》ぎを起こしたのだ。個人の意思だけでなく、例えば別の組織の思惑《おもわく》なども絡《から》み合ってミィカを狙《ねら》ったと考えるのが自然だろう。

恩師を殺しかけたのは少し複雑だが……致命傷ではないものの血はかなり流れている。このままだと危険かも、と考えたレーヴェは指輪を輝かせて通信を飛ばした。

「ソフィー、聞こえる？　こっちは終わったよ」

『こっちもやぁっとクソ怪鳥とのお空の旅が終わったとこ。で、せんせー死んだ？　他の怪鳥もパニクって散り始めたし、催眠魔術《ヒュプノス》が解けたっぽい』

「いや、生きてるよ。瀕死《ひんし》だけどね」

『それで応急処置をしろってか。場所は？　依頼主様』

「ええと……、……!?」

ざぁっ、と足元に何かが押《お》し寄せ、レーヴェは反射的に一歩退いた。けれどその何かは止まる事なく迫《せま》って来て、レーヴェの足を飲《の》み込んでいく。

(……水？　いや、泥……？)

積もった雪を押し流すそれは、確かに泥のような感触《かんしょく》をしていた。しかも、今や舞台全てを覆い尽くさんとしている。

そして、気付く。夜なので見えにくいが、その泥が真っ黒である事に。

(これ、もしかして)

「ぐっ……!」

思考を掻《か》き消す、レグネアの苦悶《くもん》の声。見やると、彼の姿が消えている。

……いや、違う。黒い巨大な〝何か〟によって全身を握《にぎ》りしめられ、体の大部分が覆い隠《かく》されているんだ。

「ふ、ふふっ……ここで〝兆《きざ》し〟を見せる、か……」

力無く笑うレグネア。黒い何かの隙間《すきま》から血がぼたぼたと滴《したた》り落ちていく。

「まったく、〝灰色〟とはかくも御《ぎょ》し難、ぬおおおぉ……!」

「先生っ、っぅ……!」

『ちょっとレーヴェ？　どした』

軽々と投げ飛ばされたレグネアの体が一直線にレーヴェの眼前に。ギリギリでかわすも、動揺《どうよう》からか通信が途絶えてしまう。

彼の体は何度か地面を跳ね、舞台の端の方で止まった。反射的に駆《か》け寄ろうとするのをぐっと堪《こら》え、レグネアへの視線を切りつつ対峙《たいじ》する。

黒い巨大な〝それ〟、そしてその横にゆらりと佇《たたず》む彼女と。

「……ミィカ。僕《ぼく》の声が、聞こえる？」

指輪に黒い光を纏わせ、オニキスの瞳《ひとみ》から赤い涙《なみだ》を流す、〝魔女〟がそこにいた。

魔女。その存在は身近なモノではなく、昔話、あるいはお伽噺《とぎばなし》の中で語られる悪役でしかなかった。かつてレムディプスを苦しめた恐怖《きょうふ》の象徴《しょうちょう》にすぎない、と。

彼女に出会い、そのイメージは少し変わった。人間との間にぶ厚い心の壁《かべ》があるのは否《いな》めないけれど、本質は年頃《としごろ》の女の子なのだと。

けれど今、レーヴェは震えている。

まさしくお伽噺で語られているような〝異質〟さを纏う、ミィカ・ユリリィの姿に。

（目から血の涙……〝輝く闇《リベレート》〟に違いない）

影の魔獣《ディイム》を形作る黒泥がここまで広範囲に展開されているのは、ミィカの魔力量が飛躍《ひやく》的《てき》に跳ね上がっているから。ミィカを護《まも》るように佇む〝それ〟もまた、大量の黒泥によって形成されているのだろう。

そして、レーヴェが暴走してしまった時との明確な違いが1つ。ミィカはレグネアの催眠魔術《ヒュプノス》によって気を失っていた。

そんな中、輝く闇《リベレート》によって強制的に意識が覚醒《かくせい》したのであれば、彼女は今微睡《まどろ》んでいるような不安定な状態にあるのではないか？

輝く闇《リベレート》自体の知識が少ないので憶測《おくそく》でしかないが……、

（ごめん、ソフィー）

思考を巡《めぐ》らせる間も勝手に明滅《めいめつ》している鈍色の光は、恐《おそ》らく彼女からの通信だろう。レーヴェはそれを強制的にシャットアウト、ミィカに声を掛け続ける。

「ミィカ、君を脅《おびや》かす人間はここにはいない。もう大丈夫《だいじょうぶ》なんだ」

「……わたし、何でこんな事になったのかな」

レーヴェの言葉が聞こえているのかいないのか、ぱしゃ、と泥を蹴飛《けと》ばしながらミィカは〝それ〟の近くを歩く。

「人間に嫌《きら》われてるのはお母さんから教えられてた。だから、一生近づかないようにしようと思った。傷つくのも傷つけられるのもイヤだから」

今にも転んでしまいそうなのに、羽が生えているかのような軽い足取りで。まるで、彼女以外の力が働いているかのように。

「でも、人間は里を襲った。お母さんを殺した。絶対に許せないと思った。でもあなたと出会って、頑張《がんば》って〝普通《ふつう》〟になろうとした。なのに」

　立ち止まり、こちらを見るミィカ。血の涙はいまだ流れを止めず、あどけない顔立ちに痛々しい赤《あか》の軌跡《きせき》を残す。

「ダメなんだね。〝魔女〟で〝灰色〟のわたしが〝普通〟になれるはずがないの」

「そんな……そんな事はないよ。君は」

「だから、もういいや」

　ミィカはレーヴェの言葉を振《ふ》り切って、笑う。と、背筋に悪寒《おかん》が奔《はし》った。

「な……っ⁉」

　レーヴェは反射的に走り出し、思い切り巨大化短剣《ヒュージダガー》を振り上げた。がきぃ！　と金属質な音が夜陰《やいん》に響く。

「ミィ、カ……何を、してるんだ……⁉」

　間一髪《かんいっぱつ》、だった。ミィカの頭上から降ってきた〝それ〟と切り結び、両手に力を込めてどうにか拮抗《きっこう》させる。

　容赦《ようしゃ》のない一撃《いちげき》は、確実にミィカの頭上に振り下ろされていた。

　その指示を〝それ〟に出せるのは、魔女であるミィカしかいないのに。

「わたしがいたから、隠れ里は襲われてお母さんも殺されたの」

「違う！　全て抱え込んだらダメだミィカ！」

「謝《あやま》らなきゃ……死なせてごめんなさいって。だから、死なせて」

（くそっ、聞く耳を持たない……！）

恐らく、今回の事だけじゃない。魔女として、〝灰色〟としての負の想《おも》いが心の内に巣食っていて、それが今回の襲撃《しゅうげき》で〝輝く闇《リベレート》〟という形で弾けてしまった。

全て〝灰色の魔女《自分》〟のせいだ、と。

ひび割れた心をがむしゃらに掻きむしるかのように。

（そして自分を殺す為にこいつを影の魔獣《デイム》として創り出した、か）

街で仕留めた怪鳥の巨体《きょたい》よりも二回りは大きく、びっしりと硬い鱗《うろこ》が生え揃《そろ》い、丸太のような太い尻尾《しっぽ》で今なお圧力を掛けてきている〝それ〟。その名は、

（竜《りゅう》……！）

魔獣と称《しょう》される生物群の中で、最強の名をほしいままにする種族。勿論《もちろん》種族の中でも格差は存在するが、最弱とされる個体ですら並外れた暴力を備えている。

レーヴェは巨大化短剣《ヒュージダガー》の角度を少しずつ変え、竜の尾《お》をどうにか受け流した。舞台に尻尾が叩《たた》きつけられ、地面に亀裂《きれつ》を生みながら黒泥を吹《ふ》き飛ばす。

（理事長がやったようにミィカの腕《うで》を……いや、そこまでしなくたって、指輪さえ外してしまえば元に戻《もど》せるはず……！）

〝輝く闇《リベレート》〟の危険性は勿論だが、この状態のミィカや竜を誰《だれ》かに見られるのもマズい。確実に〝魔女〟に繋《つな》がる悪い噂《うわさ》が広まってしまう。早く対処しなければ。

と、竜はレーヴェを敵と認識《にんしき》したのか、その太い首をもたげて口を大きく開けた。その奥《おく》から、燃え滾《たぎ》るような赤が溢《あふ》れてきているのが見え、レーヴェは戦慄《せんりつ》する。

竜を凶悪《きょうあく》たらしめる代名詞、竜の吐息《ドラゴンブレス》の予兆だ。

（っ、あれは巨大化短剣《ヒュージダガー》じゃ無理だ……！）

炎の息とは言うが、ただの炎じゃない。体内の器官で魔力を元に造られた、より強力な炎。言わば攻撃魔術《バースト》の一種なのだ。

「2つの御印《みしるし》、集い混じりて灼熱《しゃくねつ》の加護を！　紅蓮《ルージュ》をその身《オン》に！」

顕現《けんげん》せよ、業炎の激刃《ムスペルヘイム》。燃え盛る巨大化短剣《ヒュージダガー》を構える中、それが放たれる。

「あぁぁぁっ！」

さながら、炎の壁。漆黒《しっこく》の世界の中、雪を燃え散らしながら迫りくる竜の吐息を、真正面から叩き斬《き》る。

が、吐息の巨大な圧力を前に剣を振り切れない。押し戻されないようにぐぐと押し込み続ける。

「もういいの、死なせて。わたしが生きてたら、誰かの迷惑《めいわく》になるだけだから」

ミイカの声。震えていた。血の涙のせいか、はたまた揺れる心の表れか。

「っ勝手に、決めるなよ……いつ、誰が！　君にそんな事を言った……っ⁉」

やがて吐息が途切れ、業炎の激刃《ムスペルヘイム》が炎の壁を真っ二つに断ち切った。影の魔獣《ディム》と言えど、吐息には違いない。無限には吐き続けられないのだろう。

今が好機。ミイカの指示に従っているだけの彼には申し訳ないが、叩き潰す！

「紅蓮《ルージュ》、解除《リリース》！　２つの御印《みしるし》、集い混じりて巨《おお》いなる恵《めぐ》みを。巨大化《ヒュージ》をその身《オン》に！」

竜の肉体は他の魔獣と比べてかなり強固と聞く。切り裂く巨人《ギガンテスリッパー》じゃなければ無理だろう。

黒き竜が再度竜の吐息《ドラゴンブレス》の準備に入る前に、レーヴェは懐《ふところ》に飛び込んだ。

「これで、っ……⁉」

がきぃん！　渾身の一撃が弾かれ、愕然《がくぜん》とする。

信じられない。鱗が少なくて脆《もろ》いであろう顔を狙ったのに。

レーヴェの扱う術式の中で、切り裂く巨人《ギガンテスリッパー》以上の破壊力を持つモノなんて……、

（……いや、ある）

深く息を吐き、吸う。そして、

「三《み》つ巴《どもえ》の刻印、刹那の内に相喰《あいは》みて巨《おお》いなる怒りを！　巨大化《ヒュージ》をその身《オン》に！」

術式を詠唱しつつ、再度得物を振り下ろす。

三重強化《トリエラエンチャント》は未完成。あの時成功したのは〝輝く闇《リベレート》〟のせいであり、おかげだ。

案の定、３つ目の巨大化が得物に定着してくれない。そればかりか、無茶《むちゃ》な術式を施《ほどこ》した代償《だいしょう》で無数の魔力の針で貫かれるような激痛が全身を苛《さいな》む。

（少しでも、この一瞬だけでもいい。竜を貫くだけの破壊力を捻《ひね》り出せれば……っ！）

振り下ろした剣が、竜の頭に突《つ》き刺《さ》さる。ほんの僅《わず》かだけだが、弾かれる事なく黒泥で出来た頭の形を歪《ゆが》めた。

「くぅぅぅぅぉぉぉぉぉおおおおおおお‼」

力を、魔力を、注《そそ》ぎ込んでいく。竜の体との拮抗は、長くは続かなかった。

ある瞬間《しゅんかん》になって、すっと抵抗《ていこう》が消えた。直前まで斬り付けていた岩が突如《とつじょ》、綿に変わったかのように、呆気《あっけ》なく竜の体は両断されたのだ。

今のミィカの精神と同じように、竜の体も不安定だったのか……？　ずぅん！　と泥濘《でいねい》の上に転がった巨体がずぶずぶと沈《しず》んでいく。

魔女は困惑《こんわく》の表情を浮かべてもなお、血の涙を流していた。

「……あなた、やっぱり変だよ」

ぽつりと言う。レーヴェはゆっくりと、彼女《かのじょ》に歩み寄った。

「ホントに、何となく？　それだけの理由で、命懸《いのちが》けで闘《たたか》うの……？」

「……それについては1つ、昨日言えなかった事があるんだ。君の為だけじゃ、ない」

「え……？」

雪が舞い、泥濘が波打ち、血の涙が滴り、〝灰色〟が互《たが》いを見やる。

彼女の強い負の想いには、こちらも嘘偽《うそいつわ》りのない言葉じゃないと届かない。そう直感したレーヴェは、少し言い淀《よど》みながらも続けた。

「誰にも言わなかった事だけど……君に出会うまでの僕には、決めていた事がある。20歳《さい》になったら死ぬ、って」

「死、ぬ……なん、で」

「未来が見えなかったから、かな」

20歳までに純闘士《グラディエーター》になれなければ、見習い闘士《ファイター》をクビになる。〝C《シー》〟から離れ、国や貴族との縦の繋がりがなくなる。

けれど、〝灰色〟が野放しにされるとは思えない。きっと何かしら理由を付けて鈴《すず》を付けられ、飼い殺しにされる。

逆に、純闘士《グラディエーター》になれたなら？　それもまた、地獄《じごく》。望まぬ闘いと〝灰色〟への蔑視《べっし》に満ちた毎日が待っているだけ。

どこまで行っても、どんな道を進もうとも、本当の自由は手に入らない。飼い殺しにされる屈辱《くつじょく》の生を強制されるくらいなら……自分自身の意思で死を選びたい。

友人も、後輩《こうはい》も、その破滅的《はめつてき》な意思を覆《くつがえ》す程《ほど》の存在にはなり得なかった……けれどあの日、ミイカ・ユリリィと出会った。

「僕はとりあえず生きていただけ。死んでいなかっただけだった……でも、君との出会いが変えてくれたんだ。もっと生きてみよう。もっと生きたい、って」

ミイカを助けたいというあの衝動的《しょうどうてき》な強い思いに嘘《うそ》は全くない。〝灰色〟の境遇《きょうぐう》に共感したのも事実だ。けれど、そこには違う思いが確実にあった。

『大多数の人間に疎《うと》んじられ、白い目で見られてきた〝灰色《自分》〟の生は、けして無駄《むだ》なモノなんかじゃなかった』と、そう誇《ほこ》りたかった。

「君が思うような高尚《こうしょう》な人間じゃないんだ、ホントの僕は」

ミイカの存在を言い訳にして、自分を肯定《こうてい》しようとしているのだから。

「だから、これは僕のお願いであり、わがままだ」

ミイカの手を取る。彼女は特に抵抗もせず、続く言葉を全身で感じ取るようにその小さな体を強張《こわば》らせていて。

レーヴェは、笑った。

「一緒《いっしょ》に、生きて欲《ほ》しい。君の為に……そして、僕の為に」

ミィカの両手にはめられた指輪を、そっと外す。花のレリーフにはしばらく黒い光が纏《まと》わりついていたが、やがて霧散《むさん》して消えた。

同時、舞台で波打っていた泥濘も、最初から存在などしていなかったように跡形《あとかた》もなく消え去った。洗い流された舞台に、改めて雪が積もっていく。

「……うん」

ミィカもまた、レーヴェの手を取って言う。

「あなたを死なせるのは、イヤ」

その瞳からはもう血の涙が流れ落ちる事も無く、穏《おだ》やかな表情をしていて。

「約束だよ、レーヴェ」

「ああ。約束だ、ミィカ」

2人は笑い合う。と、ミィカの体からふっと力が抜け、慌《あわ》てて受け止めた。

輝く闇《リベレート》の反動だろう。呼吸は安定しているので恐らくは大丈夫なはずだ。

すぐにでも医務室に連れていきたいところだが……、

（……まだ、やる事がある）

レーヴェは優《やさ》しくミィカの体を舞台の上に横たえ、三重強化《トリエラエンチャント》の反動で痛む体を引きずりながら舞台の端《はし》へと歩む。

血だまりの中、ぐったりしているレグネアがそこにいた。辛《かろ》うじて命を繋いではいるが、虫の息としか言いようがない。

(恐らくあと1分もつかどうか。どう足掻《あが》いても今からじゃ……それなら)

何人もの闘士の死《し》に様《ざま》を見届けた経験則からそう判断し、血濡《ブラッディ》れを握りしめて厳《おごそ》かに巨大化《ヒュージ》の術式を施した。

「……あなたを死なせるのも、殺すのも。僕、この僕だ。恨むなら僕を恨んでください」

こちらが見えているのかいないのか、虚《うつ》ろな瞳を僅かに動かすレグネア。

『迷いは死を招く。お前のみならず周りにも、だ』

かつて掛けられた言葉を反芻《はんすう》し、噛み砕き、目を瞑《つぶ》る。

「こんな僕を導いて下さり、感謝しています。ありがとうございました……先生」

とす、と。花を植えるかのように優しく、巨大化短剣《ヒュージダガー》をレグネアの心臓に突き立てる。

血だまりの中で、彼は苦悶の表情も声も無く眠《ねむ》るように逝《い》った。

(……僕は生きる。僕の為に、そしてミィカの為に)

レーヴェはレグネアの亡骸《なきがら》に深く、深く一礼し、踵を返して歩き出す。

しんしんと降る雪が絶え間なく黒のコートを彩《いろど》り、すぅと消えていった。

エピローグ

「そうか……いや、ご苦労だった」

白衣の女は小さく息を吐《は》き、指輪の光に語り掛ける。

「また1人、〝灰色〟が覚醒の兆しを見せた。我々という〝敵〟の存在も思い知らせた。すこぶる順調だよ……同志レグネアの犠牲《ぎせい》は予定外だがね」

痛恨《つうこん》だ、と女は歯噛《はが》みしつつも空を見上げた。

「蒼《あお》き血に祝福を、赫《あか》き血に福音《ふくいん》を。流れた血は獣道《けものみち》となり、やがて道標《みちしるべ》になる……か」

謡《うた》うように諳《そら》んじ、女は笑った。

「ならば、同志の血を蹴散《けち》らして進まなければね。少しずつ、確実に世に知らしめていくとしようじゃないか……我ら〝魔女《まじょ》〟は未《いま》だ脈動している、とね」

◆◆◆◆

「報告、お疲《つか》れ様《さま》。楽にしていいわよ？」

理事長の言葉に、レーヴェとソフィーネは緊張《きんちょう》の糸を解く。

「……あなたが楽にしたかっただけなのでは？　理事長様の仕事を増やさないで欲しいわぁ～」

「何よぉ、いいじゃない」

ぷぅと頬《ほお》を膨《ふく》らませる。歳を考えろ、と反射的に言いたくなったが、何となく今日は言ったら半殺しにされそうだから言わない。

「それにしても、〝懐刀《ふところがたな》〟がりじちょーに牙を剥いて魔女っ子ちゃんを誘拐《ゆうかい》、ねぇ」

「言わないでってば。単純に牙を剥くだけならまだしも、意図的に魔獣襲撃《まじゆうしゆうげき》を引き起こして、ってのが最高にめんどいわぁ」

「その辺りの情報は一般《いっぱん》には伏せられてるみたいですが……さすがに上への報告書ではそんな偽装《ぎそう》も出来ませんよね？」

「そ。レグネアは私自身が引き抜いて〝懐刀〟にした経緯《けいい》もあるし、色々言われてんのよねぇ。ま、無視してればどうとでもなるけど」

いや、なるわけがないだろう……とは思うが、仮にもかつて純闘士《グラディエーター》のトップに君臨していた女傑《じょけつ》だ。わりとそういう無茶は通せるのかもしれない。

「……レグネア先生が〝C《シー》〟以外の組織に所属していたとして、〝懐刀〟になる前からかどうかは分かりませんか？」

「難しいわね。私物とかも全部調べ上げたけど全く痕跡《こんせき》無かったし」

「仮になる前からだとすれば、〝魔女〟や〝灰色〟を利用しようと画策する一派がかなり前から〝C《シー》〟に紛《まぎ》れ込《こ》んでいた事になります」

「ま、対策はこっちの方で考えるから、そっちは引き続きミィカちゃんの方を見てあげなさい。油断していたわけじゃないだろうけど、〝灰色の魔女〟が手元にある、ってのがどれだけアレな事か、身を以って分かったでしょ？」

「おやおやぁ？　事の発端《ほったん》はりじちょーの〝懐刀〟が」

「分かってるって、もぉぉ！　はい、報告終わったんだからさっさと出ていく！　理事長様は後処理で忙《いそが》しいの！」

いつもは無駄に雑談しようと引き止めるくせに。

1つ溜息《ためいき》、レーヴェは小さく礼をして踵を返す。

「あ、やっぱ待って。1つだけ確認《かくにん》」

「何でしょうか？」

「あんたがレグネアの息の根を止めたって言ってたけど、間違《まちが》いないわね？」

「ええ、間違いありません」

澱《よど》みなく答える。そこに嘘偽りなどありはしないのだから。

あのままだと、レグネアは何もせずとも失血で死んでいただろう。ミィカの影の魔獣《ディイム》の追い打ちが直接的な原因となって。

たとえ輝く闇《リベレート》という不確定要素があろうと、魔女《ミイカ》の手で死んだ、なんて事実は必要ない。

絶対に、あってはならない。

（ミィカの手はまだ、汚《よご》れてないんだ。大丈夫、僕はもう迷わない）

それを護る為ならば、泥《どろ》も血も全て自分が被《かぶ》ろう。

「すみません。生け捕《ど》りに出来なくて」

「別にそこは良いわ。けど、どうせなら私の手でぶち殺したかったわね」

（……ああ。やっぱり内心、かなり怒《おこ》っているんだな）

言葉以上に、漏《も》れ出ている殺気が鋭《するど》い。しばらくレグネア先生の話をこちらから振るべきじゃないな、と心に刻《きざ》み込み、レーヴェ達《たち》は理事長室を後にした。

「おー怖っ。りじちょー、結構マジなヤツじゃん」

同じ事を感じ取っていたのかソフィーネが言う。そう言っている割にはものすごく楽しそうな笑顔《えがお》だけど。

「そうだね……けど、確かに後は向こうに任せるしかないかな」

「まーね。あぁそれとレーヴェ君？　通信ぶった切っといて説明ゼロ？」

その問いかけをここまでしなかったのは、彼女なりの気遣《きづか》いか、気まぐれか。

レグネアの応急処置を頼《たの》もうとした事実を唯一《ゆいいつ》知っている彼女が、レーヴェがトドメを刺した、という先程《さきほど》の話に疑問を抱《いだ》かない方がおかしいというのに。

「……ごめん」

少し迷い、レーヴェは小さく返す。

信用していないわけじゃない。頼《たよ》りにもしている。

ただ、ミイカを優先して通信に応じなかった自分には弁解する資格など無い、と思っただけ。何を言っても自己満足にしかならない。

「あらら、用心深い事で。お人好《ひとよ》し代表のくせに」

「……偽善者《ぎぜんしゃ》の間違いだよ。僕は昔から何一つ変わってない」

そう、変わってないんだ。でも、変わらなければ。ミイカを護る為にも。

「にゃはっ、何その自分に酔《よ》った感じのセリフ。あたしみたいに初心《うぶ》な女の子はころっと惚《ほ》れちゃいそうだぜぃ？」

「はい、わざと大声で言って誤解を振りまこうとしないで」

すでにひそひそと話している〝C《シー》〟のスタッフも見えるし、手遅《ておく》れかな。ソフィーネとの色恋《いろこい》話が噂されるの、これでもう何回目だろうか。

憂鬱《ゆううつ》になるレーヴェを尻目《しりめ》に、ソフィーネは大袈裟《おおげさ》な仕草でしなだれかかってくる。革《かわ》ジャン越《ご》しに柔《やわ》らかい感触が腕を包み込んだ。

「ま、いいや。んじゃま、お姫様《ひめさま》に目覚めのキスでもしに行くにゃ～」

「はいはい。で、今すぐ離《はな》れて」

「にゃははっ、恥《は》ずかしがらなくていいんだぜぃ？」

「18にもなって〝初心《うぶ》な女の子〟を自称《じしょう》する方がよっぽど恥ずかしいよ」

「あぁん？　喧嘩《けんか》売ってんの首席様《トップ》」

え、これには怒るの？　どう控《ひか》えめに見ても〝女の子〟って性格《ガラ》じゃないくせに。わりとマジなお怒《いか》りだったらしく、ヒートアップする彼女を宥《なだ》める為に仕方なくその場で模擬《もぎ》試合開始。廊下《ろうか》で繰《く》り広げられた闘いは駆け付けた理事長によって鎮圧《ちんあつ》、説教され、両成敗となるのだった。

◆◆◆◆

何が正しいのか、少しずつ分からなくなっていた。

人間と魔女。絶対に相容《あいい》れないと思っていたけれど、リュミア達はあっさりと魔女を受け入れてくれた。友達だと言ってくれた。

人間への復讐《ふくしゅう》の火は、ほとんど消えてしまっていた。勿論、お母さんを殺したヤツらを許す事は出来ないけど、人間という存在そのものを憎《にく》む事は無くなった。

結局、わたしも同じだったんだ。魔女、という災厄《さいやく》の象徴を名前だけで恐れてる、たくさんの人間達と。

(わたしも、変わらなきゃ)

魔女を偏見《へんけん》で判断せず、ミィカ個人を見てくれたリュミアのように。

そして、彼《かれ》との約束を守っていく為にも。

人間を知り、人間の中で生きていくんだ。

(だから見守っててね、お母さん)

わたしは、大丈夫だから。


「…………ぅ」

ゆっくりと、目を開く。

柔らかいベッドの上に寝《ね》ている事、辺りに漂《ただよ》う薬品の匂《にお》い、遠くから聞こえる声。少しずつ世界を認識する中、思い出す。

（……そっか。わたし、攫《さら》われそうになって、おかしくなっちゃって……）

おぼろげだけど、覚えている。言葉では言い表せないぐらい、不自然な高揚《こうよう》感だった。目から血の涙が流れてるのに、見た事も無いくらいの量の黒泥を生み出しているのに、何一つ疑問に思わなかった。

あの時のレーヴェも、こんな感じだったのかな。不謹慎《ふきんしん》だとは分かっているけど、彼に近づけた気がして少し嬉《うれ》しい。

「あーもぉっ、どーして先輩《せんぱい》はいつもそうなんですか！」

「っ！」

ハスキーな怒鳴《どな》り声と近づく足音。少しの安心感を覚えたミィカだったが、急いで布団《ふとん》をかぶり直し目を瞑った。

（……何で寝たふりしてるの？　わたし）

自分でもよく分からないけど……まぁいっか。様子を見よう。

「そう言われてもねぇ。これは人間の狩猟《しゅりょう》本能が為《な》せる業って言うか？」

「人を見るなり胸を鷲掴《わしづか》みにする事のどこが狩猟本能ですかっ！」

「だってデカくて揉《も》みやすそうじゃん？　これを見て揉まずにいられるヤツなんているはずがないにゃ〜。……ねぇ、レーヴェく」

「黙《だま》ってて、ソフィー」

ちょっと不機嫌《ふきげん》そうなその声に、ミィカの心臓がとくんと鳴った。

あぁ、良かった。彼もちゃんと元気みたい。

「さて、ミィカさんは……まだ起きてないじゃないですか。ソフィーネ先輩の診断《しんだん》も案外あてにならないですね」

「おやぁ？　リュミアちゃん、あたしの診断にケチつけちゃう気ぃ？」

「ふふん、もうその程度で怯《ひる》む私ではないのですよ。ソフィーネ先輩なんかを恐れてるようじゃ、この先ミィカさんを護る事なんて出来ませんからね！」

「……リュミア、無理しないで。手が震《ふる》えてるよ」

ついでにちょっと涙声《なみだごえ》だった。目を泳がせながら虚勢《きょせい》を張るリュミアの姿が目に浮《う》かんで、ミィカは気付かれないように小さく笑う。

ありがとう。その言葉だけで、わたしは前を向いて歩けるよ。

「……そう言えばリュミア、朝からミィカを見ててくれたんだよね？　ありがとう、助かるよ」

「いえいえ、私が自分でやってる事ですから。では、お昼からは予定があるので失礼しますです。今からレイス先輩とご飯ですし」

「にゃはっ、じゃああたしも一緒にメシ食おっかにゃ〜」

「僕はここでミィカを見てるよ。お腹《なか》も減ってないしね」

とすん、と彼が近くの椅子《いす》か何かに座《すわ》る。体温がほんのりと感じられる……気がする。

「んじゃここ任せた。メシ食ったら戻ってくるから」

「うん、分かった」

「寝てるからってエロい事しちゃダ」

「浮遊《フロートオン》をその身に」

ばたばたと走り去る音、がきぃと弾かれたような金属音、巻き添《ぞ》えになったリュミアの騒がしい声。

音が消えた後、はぁ、と彼はため息を吐《は》いた。

「まったく、何でもかんでもそっちに結び付けようとして……ミィカ、もういいよ」

え？　起きるタイミングを見失っていたミィカは思わず目を開ける。

彼は笑って、こちらを覗《のぞ》き込んでいた。

「途中《とちゅう》、何度か笑ってたよ？　ソフィーも気付いてたんじゃないかな」

「……そう」

バレてたんだ……頑張って寝たふりをしてたの、ちょっと恥ずかしい。

体を起こす。無味乾燥《むみかんそう》な白い服を見下ろし、白い天井《てんじょう》を見上げ、彼を見た。

「ん、何？」

小さく笑いかけられ、思わず俯《うつむ》いた。

（……わたしも、強くならなきゃ）

〝魔女〟に、〝灰色〟に、襲《おそ》い掛《か》かる理不尽《りふじん》に抗《あらが》えるように。

この何気ない、ちょっとバカみたいな〝普通〟を壊《こわ》さない為《ため》に。

何も出来ないのも、護られるだけなのも、イヤ。

「…………ぁ」

ぽろりと涙がこぼれた。

悲しいわけじゃない。辛《つら》いわけじゃない。

こうして生きている。彼と生きていきたいと思える。

ただそれだけの事が、無性《むしょう》に嬉しくて。

「そういえば、言い忘れてたね」

手を伸《の》ばした彼が、優しく涙を拭《ぬぐ》って笑う。

「おはよう、ミィカ」

だから、笑い返した。

「おはよう……レーヴェ」

あとがき

皆さま、はじめまして。虹音《くおん》ゆいが、と申します。

この度は拙作、『灰色の叛逆者は黒猫と踊る』をお手に取っていただき、誠にありがとうございます。

本作は私のデビュー作、という事になります。子供の頃からファンタジーに触れ、ファンタジーに憧れてきた私の創ったファンタジー世界を楽しんでいただければ、これほど嬉しい事はありません。

あとがきの方からご覧になっている方に拙作を宣伝するならば、『魔術』『闘技場』などの要素が散りばめられたダークファンタジー、といったところでしょうか。ダークではありますが、ただ重たいだけの話にはなっていないと自負しております。

それと、タイトルにもあります通り、拙作にはネコが出てきますにゃ。ネコっぽい女の子もいますにゃ。ネコ要素がいっぱいにゃ。

……いかがでしょうか？　もしもご興味を持っていただけたならば、是非とも本文へとお進みくださいませ。

さて、ここからは本文を読了されている方に向けたお話でも。本文未読《はじめまして》の方はお気を付けください。

作中でも一度説明しましたが、魔術において〝名前《ネーミング》〟というのはとても重要です。例えばレーヴェの得物である赤塗りの短剣〝血濡れ《ブラッディ》〟ですが、そこまで複雑でも長くもないこの名前となるまで作者である私自身が結構な時間を費やしています。

というのも、私が執筆において一番注力しているのが、恐らくネーミングだからです。もともと『かっこいい文字列』に『かっこいい読み』が添えてあるモノが大好物なのです。主にゲームの影響でしょうが。

小説を書き始めた当初は、自分のネーミングセンスはどうなのか？　読者さんが吐き気を催すくらいにダサいのでは？　みたいな事を考えたりもしましたが、今となっては開き直りました。変に背伸びせず、飾らない自分で勝負しましょう。

まぁ、散々こねくり回した挙句シンプルイズベストみたいな名前に落ち着く事もままありますが。私自身は納得しているからそれでいいのです。

……お前の納得とかどーでもいーからネーミングの前に文章力その他諸々磨き上げろ、という声が聞こえてきそうですが、私はそんな声に屈したりはしません。

たとえダサいと思われようとも、私が自信を持って使い続けている内に『あれ？　もしかしてこれかっこいい？』と錯覚してもらえる日も来る……はず！

そんな与太話はさておき、この辺りで謝辞を。

素晴らしいイラストでレーヴェ達に命を吹き込んでいただいたｋｏｄａｍａｚｏｎ様。改めて心よりの感謝を申し上げます。

要領の悪い私を導いていただいた編集さん。たくさんの感謝をお伝えすると同時に、改めて謝罪を。不在着信の件、その節はご迷惑をお掛けしました。

本作の刊行に際してご尽力いただいた関係各所の皆さま。もはやどれくらいの数に上るのかも分からず恐縮ですが、この場を借りて感謝を申し上げます。

ではではまたいつか、はじめまして以外の挨拶が出来る日が来る事を願って。

HJ文庫 https://firecross.jp/
1141

灰色の叛逆者は黒猫と踊る

1.闘士と魔女

2024年2月1日　初版発行

著者――虹音ゆいが

発行者―松下大介
発行所―株式会社ホビージャパン

〒151-0053
東京都渋谷区代々木2-15-8
電話　03(5304)7604（編集）
　　　03(5304)9112（営業）

印刷所――大日本印刷株式会社

装丁――小沼早苗（Gibbon）／株式会社エストール

ISBN978-4-7986-3406-7　C0193

ファンレター、作品のご感想
お待ちしております

〒151－0053　東京都渋谷区代々木2－15－8
(株)ホビージャパン HJ文庫編集部 気付
虹音ゆいが 先生／ kodamazon 先生